Für Kay von Ine

1983

Gottfried August Bürger

MÜNCHHAUSEN

Bilder von
Friedrich Hechelmann

Gottfried August Bürger

Wunderbare Reisen

zu

Wasser und zu Lande,

Feldzüge und lustige Abenteuer

des

Freiherrn von Münchhausen,

wie er dieselben bei der Flasche im

Zirkel seiner Freunde selbst zu erzählen pflegt.

Bilder von

Friedrich Hechelmann

HIRMER VERLAG MÜNCHEN

... prächtiger als irgend einer den Kopf des größten Heiligen umleuchtet hat.

Inhalt

Zu dieser Ausgabe

Dem vorliegenden Text liegt die 1788 in Göttingen erschienene zweite deutsche Ausgabe zugrunde. Die Textgestalt orientiert sich weitgehend an den von Wolfgang von Wurzbach 1904 herausgegebenen »Sämtlichen Werken« Gottfried August Bürgers und ist nur soweit der heutigen Orthographie angeglichen, daß ihre Ursprünglichkeit unangetastet bleibt. Die Anmerkungen am Schluß geben knappe Hinweise auf zeitgeschichtliche Ereignisse, erklären Fremdwörter und nicht mehr gebräuchliche Begriffe.

Da es sich beim »Münchhausen« um ein in mehreren Entstehungsphasen geschaffenes Werk handelt, soll ein kurzer Blick auf die Überlieferungsgeschichte geworfen werden.

Ohne Zweifel gab es Karl Friedrich Freiherrn von Münchhausen (1720–97), der als leidenschaftlicher Jäger und ehemaliger Offizier, zuletzt als Kaiserlich-Russischer Rittmeister, auf seinem Gut Bodenwerder an der Weser gerne von seinen unglaublichen Abenteuern erzählte – selbst aber nichts aufschrieb. Wer einige seiner Anekdoten, die 1781 im Berliner »Vade Mecum für lustige Leute«, das bei Mylius erschien, unter dem Titel »M-h-s-nsche Geschichten« verfaßt hat, ist bis heute ein Rätsel geblieben. 1785 erschienen die etwas veränderten und ergänzten Geschichten in englischer Sprache als selbständiges Büchlein mit der Druckortangabe Oxford unter dem Titel »Baron Munchhausens Narrative of his Marvellous Travels and Campaigns in Russia«. Als Verfasser konnte der in Hannover geborene Kasseler Professor Rudolf Erich Raspe (1737–94) ermittelt werden, der wegen einer Veruntreuung 1775 nach England geflohen war. Diese 49 Seiten gelangten schließlich in die Hände des Dichters Gottfried August Bürger (1747–94), der Vorlesungen über Ästhetik, Philosophie und Poesie in Göttingen hielt. Bürger gehörte zur »Sturm und Drang«-Bewegung, gilt als Begründer der Kunstballade und rief durch seine unmittelbare und sinnliche Lyrik die vom Klassikideal geprägte Kritik Schillers hervor. Er übersetzte den Text ins Deutsche und vermehrte ihn um einige Geschichten wie z. B. den »Fang der Enten mit Speck« oder den »Ritt auf der Kanonenkugel« und ließ ihn anonym mit dem fingierten Druckort »London« 1786 in Göttingen erscheinen. In England wurden unter dem bezeichnenden Titel »Gulliver revived« – durch die Seeabenteuer und modifizierte Erzählungen aus Lukians »Wahrer Geschichte« ergänzte – weitere Auflagen gedruckt. Und Bürger sah sich 1788 veranlaßt, erneut eine um acht Geschichten erweiterte Ausgabe der »Wunderbaren Reisen ...« herauszugeben. Nun erst hatte der »Münchhausen« seine »klassische« Form. Auch wenn in der Folgezeit eine Vielzahl von seltsamsten Nacherzählungen herauskam, erreichte keine die Stringenz und Qualität der Bürger'schen Fassung.

Die überquellende Phantasie der teils absurden, parabolischen und satirischen Geschichten, die Plastizität und Artistik der Sprache haben von Gustave Doré bis Alfred Kubin immer wieder Illustratoren angezogen und nun auch Friedrich Hechelmann zu seinen sanft grotesken Interpretationen angeregt.

Dies Stückchen hätte ich nun wieder nicht an einem tollen Hunde versuchen mögen ...

Vorrede des englischen Herausgebers

Der Freiherr von Münchhausen, dem diese Erzählungen größtenteils ihr Dasein zu danken haben, gehört zu einer der ersten adeligen Familien Deutschlands, die mehreren Provinzen dieses Reiches die würdigsten und berühmtesten Männer geschenkt hat. Er ist ein Mann von außerordentlicher Ehre und von der originellsten Laune; und da er vielleicht gefunden hat, wie schwer es oft hält, verschrobenen Köpfen geraden Menschenverstand einzuräsonieren, und wie leicht dagegen ein dreister Haberecht eine ganze Versammlung zu übertäuben und aus ihren fünf Sinnen herauszuschreien vermag: so läßt er sich in solchen Fällen niemals auf Widerlegungen ein, sondern wendet zuerst geschickt die Unterredung auf gleichgültige Gegenstände, und dann erzählt er irgend ein Geschichtchen von seinen Reisen, Feldzügen und schnurrigen Abenteuern in einem ihm ganz eigentümlichen Tone, der aber gerade der rechte ist, die Kunst zu lügen, oder höflicher gesagt, das lange Messer zu handhaben, aus ihrem ruhigen Schlupfwinkel hervor zu kitzeln und blank zu stellen.

Man hat vor kurzem einige von seinen Geschichtchen gesammelt und dem Publikum vorgelegt, um ein Mittel allgemeiner zu machen, dessen sich jeder, der etwa unter berüchtigte Prahlhänse geraten sollte, bei jeder schicklichen Gelegenheit bedienen kann: eine Gelegenheit, die sich allezeit findet, so oft jemand unter der Maske der Wahrheit in ganzem Ernste falsche Dinge behauptet und auf Kosten seiner eigenen Ehre auch diejenigen hintergeht, die zum Unglück seine Zuhörer sind.

Der schnelle Abgang der ersten vier Ausgaben dieses Werkchens, das man vielleicht noch schicklicher *Lügenstrafer* betitelt hätte, hat auch hinlänglich bewiesen, daß dem Publikum sein moralischer Endzweck in dem rechten Lichte erschienen ist.

Die gegenwärtige fünfte Ausgabe enthält beträchtliche Vermehrungen, die wir bloß mit dem Wunsche begleiten, daß man sie des Stammes nicht unwürdig finden möge, auf den sie gepfropft sind.

Vorrede zur deutschen Übersetzung

Es ist in der Tat eine etwas sonderbare Erscheinung, die folgenden Erzählungen, die auf deutschem Grund und Boden erzeugt sind und in mannigfaltiger Gestalt und Tracht ihr Vaterland durchwandert haben, endlich im Auslande gesammelt und durch den Druck bekannt gemacht zu sehen. Vielleicht war auch hier Deutschland gegen eigene Verdienste ungerecht; vielleicht weiß der Engländer besser, was Laune heißt, wieviel sie wert ist, und wie sehr sie dem Ehre macht, der sie besitzt. – Genug, wir befanden uns trotz aller Spekulation unserer lauersamen Schriftsteller in dem Falle, ein eigenes Produkt aus der Fremde einführen zu müssen.

Diese kleine Sammlung hat übrigens in beiden Ländern ihr Glück gemacht. Während das englische Original fünf Auflagen erlebte, so fand man sich veranlaßt, auch von der deutschen Übersetzung eine neue Ausgabe zu veranstalten. Man hat bei dieser von den Vermehrungen der neuesten englischen Ausgabe Gebrauch gemacht, ohne sich eben ängstlich an die Worte zu binden, oder Einschaltungen, die sich hin und wieder anboten, bloß deswegen zurückzuweisen, weil sie sich im Grundtexte nicht fanden; kurz, man hat dieses Werkchen bei seiner zweiten deutschen Ausgabe, ebenso wie bei der ersten, nicht sowohl als anvertrautes Gut, sondern vielmehr als Eigentum behandelt, über das man nach eigenem Gutdünken zu schalten berechtigt ist.

Es ist wahr, so ein Büchlein wie dieses ist weder ein Systema, noch Tractatus, noch Commentarius, noch Synopsis, noch Compendium, und es hat keine einzige von allen Klassen unserer vornehmen Akademien und Sozietäten der Wissenschaften daran Anteil. Allein dessenungeachtet kann es in mancher Rücksicht sehr heilsam und dienlich sein. Einen sehr guten Gebrauch, der von diesen Erzählungen zu machen ist, hat der englische Herausgeber als die unverkennbare Absicht ihres ersten Erfinders angegeben. – Ein englischer Rezensent dieses Büchleins hofft sogar, daß es etwas zur Bekehrung gewisser Schreier im Parlamente beitragen werde. Wenn es indessen auch weiter nichts tut, als daß es auf eine unschuldige Art lachen macht, so braucht, deucht mich, der Vorredner eben nicht gerade in pontificalibus, in Mantel, Kragen und Stützperücke aufzutreten, um es dem geneigten Leser ehrbarlich zu empfehlen. Denn es ist alsdann, so klein und frivol es immer scheinen mag, leicht mehr wert, als eine große Menge dickbeleibter ehrenfester Bücher, wobei man weder lachen noch weinen kann, und worin weiter nichts steht, als was in hundertmal mehr anderen dickbeleibten ehrenfesten Büchern längst gestanden hat. Auch paßt alsdann nicht übel hierher eine Stelle aus des alten ehrlichen vergessenen Rollenhagens Vorrede zu seinem Froschmäuseler, die ein wenig modernisiert also lautet:

Der Graubart, der mit dürren Knochen
Der Lehre nichts kann, als poltern und pochen,
Und hören mag kein lustiges Wort,
Der packe zusammen und trolle sich fort!
Zwar wollen wir's gänzlich nicht verschwören,
Ihn auf ein andres Mal zu hören,
Wenn nämlich uns auch die Nasen blau,
Und Haar und Bart sich färben grau;
Auch sonst wohl zu gelegner Stund';
Denn Wermut ist nicht immer gesund.
Man trinkt ja wohl auch neuen Wein,
Und tunkt in frischen Honig 'mal ein.
Die Natur erneut ein neuer Genuß.
Stets einerlei macht Überdruß,
Wie alles der alten Meister Trutzen.
Der Wechsel nur schafft Lust und Nutzen.
Man schilt oft spöttisch Zeitvertreib,
Was stärkt zur Arbeit Seel' und Leib.
Das nehmen wir nicht zu Herzen und Sinnen,
Und wollen in Gottes Namen beginnen.

Glaubt's nur, ihr gravitätischen Herrn,
Gescheite Leute narrieren gern.

… wurd' es Nacht, so hing ich ihm eine Laterne an den Schwanz …

Ich trat meine Reise nach Rußland von Haus ab mitten im Winter an, weil ich ganz richtig schloß, daß Frost und Schnee die Wege durch die nördlichen Gegenden von Deutschland, Polen, Kur- und Livland, welche, nach der Beschreibung aller Reisenden, fast noch elender sind als die Wege nach dem Tempel der Tugend, endlich, ohne besondere Kosten hochpreislicher wohlfürsorgender Landesregierungen, ausbessern müßte. Ich reisete zu Pferde, welches, wenn es sonst nur gut um Gaul und Reiter steht, die bequemste Art zu reisen ist. Denn man riskiert alsdann weder mit irgend einem höflichen deutschen Postmeister eine *Affaire d'honneur* zu bekommen, noch von seinem durstigen Postillon vor jede Schenke geschleppt zu werden. Ich war nur leicht bekleidet, welches ich ziemlich übel empfand, je weiter ich gegen Nordost hin kam.

Nun kann man sich einbilden, wie bei so strengem Wetter unter dem rauhesten Himmelsstriche einem armen alten Manne zu Mute sein mußte, der in Polen auf einem öden Anger, über den der Nordost hinschnitt, hilflos und schaudernd dalag und kaum hatte, womit er seine Schamblöße bedecken konnte.

Der arme Teufel dauerte mich von ganzer Seele. Ob mir gleich selbst das Herz im Leibe fror, so warf ich dennoch meinen Reisemantel über ihn her. Plötzlich erscholl eine Stimme vom Himmel, die dieses Liebeswerk ganz ausnehmend herausstrich und mir zurief:

Hol' mich der Teufel, mein Sohn,
das soll dir nicht unvergolten bleiben!

Ich ließ das gut sein und ritt weiter, bis Nacht und Dunkelheit mich überfielen. Nirgends war ein Dorf zu hören, noch zu sehen. Das ganze Land lag unter Schnee; und ich wußte weder Weg noch Steg.

Des Reitens müde, stieg ich endlich ab und band mein Pferd an eine Art von spitzem Baumstaken, der über dem Schnee hervorragte. Zur Sicherheit nahm ich meine Pistolen unter den Arm, legte mich nicht weit davon in den Schnee nieder und tat ein so gesundes Schläfchen, daß mir die Augen nicht eher wieder aufgingen, als bis es heller lichter Tag war. Wie groß war aber mein Erstaunen, als ich fand, daß ich mitten in einem Dorfe auf dem Kirchhofe lag! Mein Pferd war anfänglich nirgends zu sehen; doch hörte ich's bald darauf irgendwo über mir wiehern. Als ich nun emporsah, so wurde ich gewahr, daß es an den Wetterhahn des Kirchturms gebunden war, und von da herunterhing. Nun wußte ich sogleich, wie ich dran war. Das Dorf war nämlich die Nacht über ganz zugeschneit gewesen; das Wetter hatte sich auf einmal umgesetzt; ich war im Schlafe nach und nach, sowie der Schnee zusammengeschmolzen war, ganz sanft herabgesunken; und was ich in der Dunkelheit für den Stummel eines Bäumchens, der über dem Schnee hervorragte, gehalten, und daran mein Pferd gebunden hatte, das war das Kreuz oder der Wetterhahn des Kirchturms gewesen.

Ohne mich nun lange zu bedenken, nahm ich eine von meinen Pistolen, schoß nach dem Halfter, kam glücklich auf die Art wieder an mein Pferd und verfolgte meine Reise.

Hierauf ging alles gut, bis ich nach Rußland kam, wo es eben nicht Mode ist, des Winters zu Pferde zu reisen. Wie es nun immer meine Maxime ist, mich nach dem bekannten: *ländlich sittlich,* zu richten, so nahm ich dort einen kleinen Rennschlitten auf ein einzelnes Pferd und fuhr wohlgemut auf St. Petersburg los. Nun weiß ich nicht mehr recht, ob es in Esthland oder in Ingermanland war, so viel aber besinne ich mich noch wohl, es war mitten in einem fürchterlichen Walde, als ich einen entsetzlichen Wolf mit aller Schnelligkeit des gefräßigsten Winterhungers hinter mir ansetzen sah. Er holte mich bald ein; und es war schlechterdings unmöglich, ihm zu entkommen. Mechanisch legte ich mich platt in den Schlitten nieder und ließ mein Pferd zu unserem beiderseitigen Besten ganz allein agieren. Was ich zwar vermutete, aber kaum zu hoffen und zu erwarten wagte, das geschah gleich nachher. Der Wolf bekümmerte sich nicht im mindesten um meine Wenigkeit, sondern sprang über mich hinweg; fiel wütend auf das Pferd, riß ab und verschlang auf einmal den ganzen Hinterteil des armen Tieres, welches vor Schrecken und Schmerz nur desto schneller lief. Wie ich nun auf die Art selbst so unbemerkt und gut davongekommen war, so erhob ich ganz verstohlen mein Gesicht, und nahm mit Entsetzen wahr, daß der Wolf sich beinahe über und über in das Pferd hineingefressen hatte. Kaum aber hatte er sich so hübsch hineingezwängt, so nahm ich mein Tempo wahr, und fiel ihm tüchtig mit meiner Peitschenschnur auf das Fell. Solch ein unerwarteter Überfall in diesem Futteral verursachte ihm keinen geringen Schreck; er strebte mit aller Macht vorwärts, der Leichnam des Pferdes fiel zu Boden, und siehe! an seiner Statt steckte mein Wolf in dem Geschirre. Ich meines Orts hörte nun noch weniger auf zu peitschen, und wir langten in vollem Galopp gesund und wohlbehalten in St. Petersburg an, ganz gegen unsere beiderseitigen respektiven Erwartungen und zu nicht geringem Erstaunen aller Zuschauer.

Ich will Ihnen, meine Herren, mit Geschwätz von der Verfassung, den Künsten, Wissenschaften und anderen Merkwürdigkeiten dieser prächtigen Haupstadt Rußlands keine Langeweile machen; viel weniger Sie mit allen Intriguen und lustigen Abenteuern der Gesellschaften vom Bonton, wo die Frau vom Hause den Gast allezeit mit einem Schnaps und Schmatz empfängt, unterhalten. Ich halte mich vielmehr an größere und edlere Gegenstände Ihrer Aufmerksamkeit, nämlich an Pferde und Hunde, wovon ich immer ein großer Freund gewesen bin; ferner an Füchse, Wölfe und Bären, von welchen, sowie von anderem Wildbret Rußland einen größeren Überfluß als irgend ein Land auf Erden hat; endlich an solche Lustpartien, Ritterübungen und preisliche Taten, welche den Edelmann besser kleiden als ein bißchen muffiges Griechisch und Latein oder alle Riechsächelchen, Klunkern und Kapriolen französischer Schöngeister und – Haarkräusler.

Da es einige Zeit dauerte, ehe ich bei der Armee angestellt werden konnte, so hatte ich ein paar Monate lang vollkommene Muße und Freiheit, meine Zeit sowohl als auch

... kam ein stattlicher Hirsch mit einem voll ausgewachsenen Kirschbaume ...

mein Geld auf die adeligste Art von der Welt zu verjunkerieren. Manche Nacht wurde beim Spiele zugebracht, und viele bei dem Klange voller Gläser. Die Kälte des Landes und die Sitten der Nation haben der Bouteille unter den gesellschaftlichen Unterhaltungen in Rußland einen viel höheren Rang angewiesen als in unserem nüchternen Deutschland; und ich habe daher dort häufig Leute gefunden, die in der edlen Kunst zu trinken für wahre Virtuosen gelten konnten. Alle waren aber elende Stümper gegen einen graubärtigen, kupferfarbigen General, der mit uns an dem öffentlichen Tische speiste. Der alte Herr, der seit einem Gefechte mit den Türken die obere Hälfte seines Hirnschädels vermißte und daher, so oft ein Fremder in die Gesellschaft kam, sich mit der artigsten Treuherzigkeit entschuldigte, daß er an der Tafel seinen Hut aufbehalten müsse, pflegte immer während des Essens einige Flaschen Weinbranntwein zu leeren und dann gewöhnlich mit einer Bouteille Arrak den Beschluß, oder nach Umständen einige Male *da capo* zu machen; und doch konnte man nicht ein einziges Mal auch nur so viel Betrunkenheit an ihm merken. – Die Sache übersteigt Ihren Glauben. Ich verzeihe es Ihnen, meine Herren; sie überstieg auch meinen Begriff. Ich wußte lange nicht, wie ich sie mir erklären sollte, bis ich ganz von ungefähr den Schlüssel fand. – Der General pflegte von Zeit zu Zeit seinen Hut etwas aufzuheben. Dies hatte ich oft gesehen, ohne daraus nur Arg zu haben. Daß es ihm warm vor der Stirn wurde, war natürlich, und daß er dann seinen Kopf lüftete, nicht minder. Endlich aber sah ich, daß er zugleich mit seinem Hute eine an demselben befestigte silberne Platte aufhob, die ihm statt des Hirnschädels diente, und daß alsdann immer aller Dunst der geistigen Getränke, die er zu sich genommen hatte, in einer leichten Wolke in die Höhe stieg. Nun war auf einmal das Rätsel gelöset. Ich sagte es ein paar guten Freunden und erbot mich, da es gerade Abend war, als ich die Bemerkung machte, die Richtigkeit derselben sogleich durch einen Versuch zu beweisen. Ich trat nämlich mit meiner Pfeife hinter den General, und zündete, gerade als er den Hut niedersetzte, mit etwas Papier die aufsteigenden Dünste an; und nun sahen wir ein ebenso neues als schönes Schauspiel. Ich hatte in einem Augenblicke die Wolkensäule über dem Haupte unseres Helden in eine Feuersäule verwandelt, und derjenige Teil der Dünste, der sich noch zwischen den Haaren des Hutes verweilte, bildete in dem schönsten blauen Feuer einen Nimbus, prächtiger, als irgend einer den Kopf des größten Heiligen umleuchtet hat. Mein Experiment konnte dem General nicht verborgen bleiben; er war aber so wenig ungehalten darüber, daß er uns vielmehr noch manchmal erlaubte, einen Versuch zu wiederholen, der ihm ein so erhabenes Ansehen gab.

Ich übergehe manche lustige Auftritte, die wir bei dergleichen Gelegenheiten hatten, weil ich Ihnen noch verschiedene Jagdgeschichten zu erzählen gedenke, die mir merkwürdiger und unterhaltender scheinen. Sie können sich leicht vorstellen, meine Herren, daß ich mich immer vorzüglich zu solchen wackeren Kumpanen hielt, welche ein offenes unbeschränktes Waldrevier gehörig zu schätzen wußten. Sowohl die Abwechselung des Zeitvertreibes, welchen dieses mir darbot, als auch das außerordentliche Glück, womit mir jeder Streich gelang, gereichen mir noch immer zur angenehmsten Erinnerung.

Eines Morgens sah ich durch das Fenster meines Schlafgemachs, daß ein großer Teich, der nicht weit davon lag, mit wilden Enten gleichsam überdeckt war. Flugs nahm ich mein Gewehr aus dem Winkel, sprang zur Treppe hinab, und das so über Hals und Kopf, daß ich unvorsichtigerweise mit dem Gesicht gegen die Türpfoste rannte. Feuer und Funken stoben mir aus den Augen; aber das hielt mich keinen Augenblick zurück. Ich kam bald zum Schuß; allein wie ich anlegte, wurde ich zu meinen großen Verdrusse gewahr, daß durch den soeben empfangenen heftigen Stoß sogar der Stein von dem Flintenhahne abgesprungen war. Was sollte ich tun? Denn Zeit war hier nicht zu verlieren. Glücklicherweise fiel mir ein, was sich soeben mit meinen Augen zugetragen hatte. Ich riß also die Pfanne auf, legte mein Gewehr gegen das wilde Geflügel an, und ballte die Faust gegen eins von meinen Augen. Von einem derben Schlage flogen wieder Funken genug heraus, der Schuß ging los, und ich traf fünf Paar Enten, vier Rothälse und ein Paar Wasserhühner. Gegenwart des Geistes ist die Seele mannhafter Taten. Wenn Soldaten und Seeleute öfters dadurch glücklich davonkommen, so dankt der Weidmann ihr nicht seltener sein gutes Glück.

So schwammen einst auf einem Landsee, an welchen ich auf einer Jagdstreiferei geriet, einige Dutzend wilder Enten allzuweit voneinander zerstreut umher, als daß ich mehr denn eine einzige auf einen Schuß zu erlegen hoffen konnte; und zum Unglück hatte ich meinen letzten Schuß schon in der Flinte. Gleichwohl hätte ich sie gern alle gehabt, weil ich nächstens eine ganze Menge guter Freunde und Bekannten bei mir zu bewirten willens war. Da besann ich mich auf ein Stückchen Schinkenspeck, welches von meinem mitgenommenen Mundvorrat in meiner Jagdtasche noch übriggeblieben war. Dies befestigte ich an eine ziemlich lange Hundeleine, die ich aufdrehte und so wenigstens noch um viermal verlängerte. Nun verbarg ich mich im Schilfgesträuch am Ufer, warf meinen Speckbrocken aus und hatte das Vergnügen, zu sehen, wie die nächste Ente hurtig herbeischwamm und ihn verschlang. Der ersten folgten bald alle übrigen nach, und da der glatte Brocken am Faden gar bald unverdauet hinten wieder herauskam, so verschlang ihn die nächste, und so immer weiter. Kurz, der Brocken machte die Reise durch alle Enten samt und sonders hindurch, ohne von seinem Faden loszureißen. So saßen sie denn alle daran, wie Perlen an der Schnur. Ich zog sie gar allerliebst ans Land, schlang mir die Schnur ein halbes Dutzend mal um Schulter und Leib und ging meines Weges nach Hause zu. Da ich noch eine ziemliche Strecke davon entfernt war und mir die Last von einer solchen Menge Enten ziemlich beschwerlich fiel, so wollte es mir fast leid tun, ihrer allzuviele eingefangen zu haben. Da kam mir aber ein seltsamer Vorfall zu statten, der mich anfangs in nicht geringe Verlegenheit setzte. Die Enten waren nämlich noch alle lebendig, fingen, als sie von der ersten Bestürzung sich erholt hatten, gar mächtig an mit den Flügeln zu schlagen und sich mit mir hoch in die Luft zu erheben. Nun wäre bei manchem wohl guter Rat teuer gewesen. Allein ich benutzte diesen Umstand, so gut ich konnte, zu meinem Vorteil und ruderte mich mit meinen Rockschößen nach der Gegend meiner Behausung durch die Luft. Als ich nun gerade über meiner Wohnung angelangt war, und es darauf ankam, ohne Schaden mich herunter zu lassen, so drückte ich einer Ente nach der anderen den Kopf ein, sank dadurch ganz sanft und allmählich gerade durch den Schornstein meines Hauses mitten auf den Küchenherd, auf welchem zum Glück noch kein Feuer angezündet war, zu nicht geringem Schreck und Erstaunen meines Koches.

Einen ähnlichen Vorfall hatte ich einmal mit einer Kette Hühner. Ich war ausgegangen, um eine neue Flinte zu probieren, und hatte meinen kleinen Vorrat von Hagel ganz und gar verschossen, als wider alles Vermuten vor meinen Füßen eine Flucht Hühner aufging. Der Wunsch, einige derselben abends auf meinem Tische zu sehen, brachte mich auf einen Einfall, von dem Sie, meine Herren, auf mein Wort, im Falle der Not Gebrauch machen können. Sobald ich gesehen hatte, wo sich die Hühner niederließen, lud ich hurtig mein Gewehr und setzte statt des Schrotes den Ladstock auf, den ich, so gut sich's in der Eile tun ließ, an dem oberen Ende etwas zuspitzte. Nun ging ich auf die Hühner zu, drückte, sowie sie aufflogen, ab, und hatte das Vergnügen, zu sehen, daß mein Ladstock mit sieben Stück, die sich wohl wundern mochten, so früh am Spieße vereinigt zu werden, in einiger Entfernung allmählich heruntersank. – Wie gesagt, man muß sich nur in der Welt zu helfen wissen.

Ein anderes Mal stieß mir in einem ansehnlichen Walde von Rußland ein wunderschöner schwarzer Fuchs auf. Es wäre jammerschade gewesen, seinen kostbaren Pelz mit einem Kugel- oder Schrotschusse zu durchlöchern. Herr Reineke stand dicht bei einem Baume. Augenblicklich zog ich meine Kugel aus dem Laufe, lud dafür einen tüchtigen Brettnagel in mein Gewehr, feuerte und traf so künstlich, daß ich seine Lunte fest an den Baum nagelte. Nun ging ich ruhig zu ihm hin, nahm mein Weidmesser, gab ihm einen Kreuzschnitt übers Gesicht, griff nach meiner Peitsche und karbatschte ihn so artig aus seinem schönen Pelze heraus, daß es eine wahre Lust und ein rechtes Wunder zu sehen war.

Zufall und gutes Glück machen oft manchen Fehler wieder gut. Davon erlebte ich bald nach diesem ein Beispiel, als ich mitten im tiefsten Walde einen wilden Frischling und eine Bache dicht hintereinander hertraben sah. Meine Kugel hatte gefehlt. Gleichwohl lief der Frischling vorn ganz allein weg, und die Bache blieb stehen, ohne Bewegung, als ob sie an den Boden festgenagelt gewesen wäre. Wie ich das Ding näher untersuchte, so fand ich, daß es eine blinde Bache war, die ihres Frischlings Schwänzlein

Ich gab dem Strahle desjenigen Wassers …

im Rachen hielt, um von ihm aus kindlicher Pflicht fürbaß geleitet zu werden. Da nun meine Kugel zwischen beide hindurch gefahren war, so hatte sie diesen Leitzaum zerrissen, wovon die alte Bache das eine Ende noch immer kauete. Da nun ihr Leiter sie nicht weiter vorwärts gezogen hatte, so war sie stehen geblieben. Ich ergriff daher das übriggebliebene Endchen von des Frischlings Schwanze und leitete daran das alte hilflose Tier ganz ohne Mühe und Widerstand nach Hause.

So fürchterlich diese wilden Bachen oft sind, so sind die Keiler doch weit grausamer und gefährlicher. Ich traf einst einen im Walde an, als ich unglücklicherweise weder auf Angriff noch Verteidigung gefaßt war. Mit genauer Not konnte ich noch hinter einen Baum schlüpfen, als die wütende Bestie aus Leibeskräften einen Seitenhieb nach mir tat. Dafür fuhren aber auch seine Hauer dergestalt in den Baum hinein, daß er weder imstande war, sie sogleich wieder herauszuziehen, noch den Hieb zu wiederholen. – »Haha!« dachte ich, »nun wollen wir dich bald kriegen!« – Flugs nahm ich einen Stein, hämmerte noch vollends damit darauf los und nietete seine Hauer dergestalt um, daß er ganz und gar nicht wieder loskommen konnte. So mußte er sich denn nun gedulden, bis ich vom nächsten Dorfe Karren und Stricke herbeigeholt hatte, um ihn lebendig und wohlbehalten nach Hause zu schaffen, welches auch ganz vortrefflich von statten ging.

Sie haben unstreitig, meine Herren, von dem Heiligen und Schutzpatron der Weidmänner und Schützen, St. Hubert, nicht minder auch von dem stattlichen Hirsche gehört, der ihm einst im Walde aufstieß, und welcher das heilige Kreuz zwischen seinem Geweihe trug. Diesem St. Hubert habe ich noch alle Jahre mein Opfer in guter Gesellschaft dargebracht und den Hirsch wohl tausendmal sowohl in Kirchen abgemalt als auch in die Sterne seiner Ritter gestickt gesehen, so daß ich auf Ehre und Gewissen eines braven Weidmanns kaum zu sagen weiß, ob es entweder nicht vorzeiten solche Kreuzhirsche gegeben habe, oder wohl gar noch heutigentages gebe. Doch lassen Sie sich vielmehr erzählen, was ich mit meinen eigenen Augen sah. Einst, als ich all mein Blei verschossen hatte, stieß mir, ganz wider mein Vermuten, der stattlichste Hirsch von der Welt auf. Er blickte mir so mir nichts dir nichts ins Auge, als ob er's auswendig gewußt hätte, daß mein Beutel leer war. Augenblicklich lud ich indessen meine Flinte mit Pulver und darüber her eine ganze Handvoll Kirschsteine, wovon ich, so hurtig sich das tun ließ, das Fleisch abgezogen hatte. Und so gab ich ihm die volle Ladung mitten auf seine Stirn zwischen das Geweihe. Der Schuß betäubte ihn zwar – er taumelte – machte sich aber doch aus dem Staube. Ein oder zwei Jahre danach war ich in ebendemselben Walde auf der Jagd; und siehe! zum Vorschein kam ein stattlicher Hirsch mit einem voll ausgewachsenen Kirschbaume, mehr denn zehn Fuß hoch, zwischen seinem Geweihe. Mir fiel gleich mein voriges Abenteuer wieder ein; ich betrachtete den Hirsch als mein längst wohlerworbenes Eigentum und legte ihn mit einem Schusse zu Boden, wodurch ich denn auf einmal an Braten und Kirschtunke zugleich geriet; denn der Baum hing reichlich voll Früchte, die ich in meinem ganzen Leben so delikat nicht gegessen hatte. Wer kann nun wohl sagen, ob nicht irgend ein passionierter heiliger Weidmann, ein jagdlustiger Abt oder Bischof, das Kreuz auf eine ähnliche Art durch einen Schuß auf St. Huberts Hirsch zwischen das Gehörne gepflanzt habe? Denn diese Herren waren ja von je und je wegen ihres Kreuz- und – Hörnerpflanzens berühmt und sind es zum Teil noch bis auf den heutigen Tag. Im Falle der Not, und wenn es *Aut oder Naut* gilt, welches einem braven Weidmanne nicht selten begegnet, greift er lieber wer weiß wozu und versucht eher alles, als daß er sich die günstige Gelegenheit entwischen läßt. Ich habe mich manches liebes Mal selbst in einer solchen Lage der Versuchung befunden.

Was sagen Sie zum Exempel von folgendem Kasus? – Mir waren einmal Tageslicht und Pulver in einem polnischen Walde ausgegangen. Als ich nach Hause ging, fuhr mir ein ganz entsetzlicher Bär, mit offenem Rachen, bereit mich zu verschlingen, auf den Leib. Umsonst durchsuchte ich in der Hast alle meine Taschen nach Pulver und Blei. Nichts fand ich als zwei Flintensteine, die man auf einen Notfall wohl mitzunehmen pflegt. Davon warf ich einen aus aller Macht in den offenen Rachen des Ungeheuers, ganz seinen Schlund hinab. Wie ihm dies nun nicht allzuwohl deuchten mochte; so machte mein Bär linksum, so daß ich den anderen nach der Hinterpforte schleudern konnte. Wunderbar und herrlich ging alles von statten. Der Stein fuhr nicht nur hinein, sondern auch mit dem anderen Steine dergestalt zusammen, daß es Feuer gab und den Bär mit einem gewaltigen Knalle auseinandersprengte. Man sagt, daß so ein wohl applizierter Stein *a posteriori,* besonders wenn er mit einem *a priori* recht zusammenfuhr, schon manchen bärbeißigen Gelehrten und Philosophen in die Luft sprengte. – Ob ich nun gleich dasmal mit heiler Haut davonkam, so möchte ich das Stückchen doch eben nicht noch einmal machen, oder mit einem Bären ohne andere Verteidigungsmittel anbinden.

Es war aber gewissermaßen recht mein Schicksal, daß die wildesten und gefährlichsten Bestien mich gerade alsdann angriffen, wenn ich außer stande war, ihnen die Spitze zu bieten, gleichsam als ob ihnen der Instinkt meine Wehrlosigkeit verraten hätte. So hatte ich einst gerade den Stein von meiner Flinte abgeschraubt, um ihn etwas zu schärfen, als plötzlich ein schreckliches Ungeheuer von einem Bären gegen mich anbrummte. Alles, was ich nun konnte, war, mich eiligst auf einen Baum zu flüchten, um dort mich zur Verteidigung zu rüsten. Unglücklicherweise aber fiel mir während des Hinaufkletterns mein Messer, das ich eben gebraucht hatte, herunter, und nun hatte ich nichts, um die Schraube, die sich ohnedies sehr schwer drehen ließ, zu schließen. Unten am Baume stand der Bär, und mit jedem Augenblicke mußte ich erwarten, daß er mir nachkommen würde. Mir Feuer aus den Augen zu schlagen, wie ich wohl ehemals getan hatte, wollte ich nicht gern versuchen, weil mir, anderer Umstände, die im Wege standen, nicht zu gedenken, jenes Experiment heftige Augenschmerzen zugezogen hatte, die noch nicht ganz vergangen waren. Sehnlich blickte ich nach meinem Messer, das unten senkrecht im Schnee steckte; aber die sehnsuchtsvollsten Blicke machten die Sache nicht um ein Härchen besser. Endlich kam ich auf einen Gedanken, der so sonderbar als glücklich war. Ich gab dem Strahle desjenigen Wassers, von dem man bei großer Angst immer großen Vorrat hat, eine solche Richtung, daß er gerade auf das Heft meines Messers traf. Die fürchterliche Kälte, die eben war, machte, daß das Wasser sogleich gefror, und in wenigen Augenblicken sich über meinem Messer eine Verlängerung von Eis bildete, die bis an die untersten Äste des

… und sich mit mir hoch in die Luft zu erheben.

Baumes reichte. Nun packte ich den aufgeschossenen Stiel und zog ohne viel Mühe, aber mit desto mehr Behutsamkeit mein Messer zu mir herauf. Kaum hatte ich damit den Stein festgeschraubt, als Herr Petz angestiegen kam. Wahrhaftig, dachte ich, man muß so weise als ein Bär sein, um den Zeitpunkt so gut abzupassen, und empfing Meister Braun mit einer so herzlich gemeinten Bescherung von Rollern, daß er auf ewig das Baumsteigen vergaß.

Ebenso schoß mir ein anderes Mal unversehens ein fürchterlicher Wolf so nahe auf den Leib, daß mir nichts weiter übrig blieb, als ihm, dem mechanischen Instinkt zufolge, meine Faust in den offenen Rachen zu stoßen. Gerade meiner Sicherheit wegen stieß ich immer weiter und weiter und brachte meinen Arm beinahe bis an die Schulter hinein. Was war aber nun zu tun? – Ich kann eben nicht sagen, daß mir diese unbehilfliche Situation sonderlich anstand. – Man bedenke nur, Stirn gegen Stirn mit einem Wolfe! – Wir äugelten uns eben nicht gar lieblich an. Hätte ich meinen Arm zurückgezogen, so wäre mir die Bestie nur desto wütender zu Leibe gesprungen; so viel ließ sich klar und deutlich aus seinen flammenden Augen herausbuchstabieren. Kurz, ich packte ihn beim Eingeweide, kehrte sein Äußeres zu innerst, wie einen Handschuh, um, schleuderte ihn zu Boden und ließ ihn da liegen.

Dies Stückchen hätte ich nun wieder nicht an einem tollen Hunde versuchen mögen, welcher bald darauf in einem engen Gäßchen zu St. Petersburg gegen mich anlief. »Lauf, was du kannst!« dachte ich. Um desto besser fortzukommen, warf ich meinen Überrock ab und rettete mich geschwind ins Haus. Den Rock ließ ich hernach durch meinen Bedienten hereinholen und zu den anderen Kleidern in die Garderobe hängen. Tags darauf geriet ich in ein gewaltiges Schrecken durch meines Johanns Geschrei: »Herr Gott, Herr Baron, Ihr Überrock ist toll!« Ich sprang hurtig zu ihm hinauf und fand alle meine Kleider umhergezerret und zu Stücken zerrissen. Der Kerl hatte es auf ein Haar getroffen, daß der Überrock toll sei. Ich kam gerade noch selbst dazu, wie er über ein schönes neues Galakleid herfiel, und es auf eine gar unbarmherzige Weise zerschüttelte und umherzauste.

In allen diesen Fällen, meine Herren, wo ich freilich immer glücklich, aber doch nur immer mit genauer Not davonkam, half mir das Ohngefähr, welches ich durch Tapferkeit und Gegenwart des Geistes zu meinem Vorteile lenkte. Alles zusammengenommen macht, wie jedermann weiß, den glücklichen Jäger, Seemann und Soldaten aus. Der aber würde ein sehr unvorsichtiger, tadelnswerter Weidmann, Admiral und General sein, der sich überall nur auf das Ohngefähr oder sein Gestirn verlassen wollte, ohne sich weder um die besonders erforderlichen Kunstfertigkeiten zu bekümmern, noch sich mit denjenigen Werkzeugen zu versehen, die den guten Erfolg sichern. Ein solcher Tadel trifft mich keineswegs. Denn ich bin immer berühmt gewesen, sowohl wegen der Vortrefflichkeit meiner Pferde, Hunde und Gewehre als auch wegen der besonderen Art, dies alles zu handhaben, so daß ich mich wohl rühmen kann, in Forst, Wiese und Feld meines Namens Gedächtnis hinlänglich gestiftet zu haben. Ich will mich nun zwar nicht auf Partikularitäten von meinen Pferde- und Hundeställen oder meiner Gewehrkammer einlassen, wie Stall-, Jagd- und Hunde-Junker sonst wohl zu tun pflegen; aber zwei von meinen Hunden zeichneten sich so sehr in meinen Diensten aus, daß ich sie nie vergessen kann und ihrer bei dieser Gelegenheit mit wenigem erwähnen muß. Der eine war ein Hühnerhund, so unermüdet, so aufmerksam, so vorsichtig, daß jeder, der ihn sah, mich darum beneidete. Tag und Nacht konnte ich ihn gebrauchen: wurd' es Nacht, so hing ich ihm eine Laterne an den Schwanz, und nun jagte ich so gut oder noch besser mit ihm als am hellen Tage. – Einst (es war kurz nach meiner Verheiratung) bezeigte meine Frau Lust auf die Jagd zu gehen. Ich ritt voran, um etwas aufzusuchen, und es dauerte nicht lange, so stand mein Hund vor einer Kette von einigen hundert Hühnern. Ich warte immer und immer auf meine Frau, die mit meinem Leutnant und einem Reitknechte gleich nach mir weggeritten war; niemand aber war zu sehen und zu hören. Endlich werde ich unruhig, kehre um, und ungefähr auf der Hälfte des Weges höre ich ein äußerst klägliches Winseln. Es schien mir ziemlich nahe zu sein, und doch war weit und breit keine lebendige Seele zu erblicken. Ich stieg ab, legte mein Ohr auf den Boden, und nun hörte ich nicht nur, daß dies Jammern unter der Erde war, sondern erkannte auch ganz deutlich die Stimme meiner Frau, meines Leutnants und meines Reitknechts. Zugleich sah ich auch, daß nicht weit von mir die Öffnung einer Steinkohlengrube war, und es blieb mir nun leider kein Zweifel mehr, daß mein armes Weib und ihre Begleiter da hineingestürzt waren. Ich eilte in voller Carriere nach dem nächsten Dorfe, um die Grubenleute zu holen, die endlich, nach langer höchst mühseliger Arbeit, die Verunglückten aus einem neunzig Klaftern tiefen Schacht zu Tage förderten. Erst brachten sie den Reitknecht, dann sein Pferd, dann den Leutnant, dann sein Pferd, dann meine Frau und zuletzt ihren türkischen Klepper. Das Wunderbarste bei der ganzen Sache war, daß Menschen und Pferde bei diesem ungeheuren Sturze, einige kleine Quetschungen abgerechnet, fast gar nicht beschädigt waren; desto mehr aber hatten sie durch die unaussprechliche Angst gelitten. An eine Jagd war nun, wie Sie sich leicht vorstellen können, nicht mehr zu denken; und da Sie, wie ich fast vermute, meinen Hund während dieser Erzählung vergessen haben, so werden Sie mir es nicht übelnehmen, daß ich auch nicht mehr an ihn dachte. Mein Dienst nötigte mich, gleich den anderen Morgen eine Reise anzutreten, von der ich erst nach vierzehn Tagen zurückkam. Ich war kaum einige Stunden wieder zu Hause, als ich meine Diane vermißte. Niemand hatte sich um sie bekümmert; meine Leute hatten sämtlich geglaubt, sie wäre mit mir gelaufen, und nun war sie zu meinem großen Leidwesen nirgends zu finden. – Endlich kam mir der Gedanke: sollte der Hund wohl gar noch bei den Hühnern sein? Hoffnung und Furcht jagten mich augenblicklich nach der Gegend hin, und, siehe da! zu meiner unsäglichen Freude stand mein Hund noch auf derselben Stelle, wo ich ihn vor vierzehn Tagen verlassen hatte. »Piel!« rief ich, und sogleich sprang er ein, und ich bekam auf einen Schuß fünfundzwanzig Hühner. Kaum aber konnte das arme Tier noch zu mir ankriechen, so ausgehungert und abgemattet war es. Um ihn mit mir nach Hause bringen zu können, mußte ich ihn auf mein Pferd nehmen, und Sie können leicht denken, daß ich mich mit der größten Freude dieser Unbequemlichkeit unterzog. Nach einer guten Pflege von wenigen Tagen war er wieder so frisch und munter als zuvor, und einige Wochen darauf machte er mir es möglich, ein Rätsel aufzulösen, was mir ohne ihn wahrscheinlich ewig ungelöst hätte bleiben müssen.

Ich jagte nämlich zwei ganzer Tage hinter einem Hasen her. Mein Hund brachte ihn immer wieder herum, aber nie konnte ich zum Schusse kommen. – An Hexerei zu glauben, ist meine Sache nie gewesen, dazu habe ich zu außerordentliche Dinge erlebt: allein hier war ich doch mit meinen fünf Sinnen am Ende. Endlich kam mir aber doch der Hase so nahe, daß ich ihn mit meinem Gewehr erreichen konnte. Er stürzte nieder, und was meinen Sie, was ich nun fand? – Vier Läufe hatte mein Hase unter dem Leibe und vier auf dem Rücken. Waren die zwei unteren Paar müde, so warf er sich wie ein geschickter Schwimmer, der auf Bauch und Rücken schwimmen kann, herum, und nun ging es mit den beiden neuen wieder mit verstärkter Geschwindigkeit fort. Nie habe ich nachher einen Hasen von der Art gefunden, und auch diesen würde ich nicht bekommen haben, wenn mein Hund nicht so ungemeine Vollkommenheiten gehabt hätte. Dieser aber übertraf sein ganzes Geschlecht so sehr, daß ich kein Bedenken tragen würde, ihm den Beinamen des *Einzigen* beizulegen, wenn nicht ein Windspiel, das ich hatte, ihm diese Ehre streitig machte. Das Tierchen war minder wegen seiner Gestalt als wegen seiner außerordentlichen Schnelligkeit merkwürdig. Hätten die Herren es gesehen, so würden Sie es gewiß bewundert und sich gar nicht verwundert haben, daß ich es so lieb hatte und so oft mit ihm jagte. Es lief so schnell, so oft und so lange in meinem Dienste, daß es sich die Beine ganz bis dicht unterm Leibe weglief und ich es in seiner letzten Lebenszeit nur noch als Dachssucher gebrauchen konnte, in welcher Qualität es mir denn ebenfalls noch manch liebes Jahr diente.

Weiland noch als Windspiel – beiläufig zu melden, es war eine Hündin – setzte sie einst hinter einem Hasen her, der mir ganz ungewöhnlich dick vorkam. Es tat mir leid

… und nietete seine Hauer dergestalt um …

um meine arme Hündin, denn sie war mit Jungen trächtig und wollte doch noch ebenso schnell laufen als sonst. Nur in sehr weiter Entfernung konnte ich zu Pferde nachfolgen. Auf einmal hörte ich ein Geklaffe wie von einer ganzen Koppel Hunde, allein so schwach und zart, daß ich nicht wußte, was ich daraus machen sollte. Als ich näher kam, sah ich mein himmelblaues Wunder. Die Häsin hatte im Laufen gesetzt und meine Hündin geworfen; und zwar jene gerade ebensoviel junge Hasen als diese junge Hunde. Instinktmäßig hatten jene die Flucht genommen, diese aber nicht nur gejagt, sondern auch gefangen. Dadurch gelangte ich am Ende der Jagd auf einmal zu sechs Hasen und Hunden: da ich doch nur mit einem einzigen angefangen hatte.

Ich gedenke dieser wunderbaren Hündin mit eben dem Vergnügen als eines vortrefflichen litauischen Pferdes, welches nicht mit Geld zu bezahlen war. Dies bekam ich durch ein Ohngefähr, welches mir Gelegenheit gab, meine Reitkunst zu meinem nicht geringen Ruhm zu zeigen. Ich war nämlich einst auf dem prächtigen Landsitze des Grafen *Przobofsky* in Litauen und blieb im Staatszimmer bei den Damen zum Tee, indessen die Herren hinunter in den Hof gingen, um ein junges Pferd von Geblüte zu besehen, welches soeben aus der Stuterei angelangt war. Plötzlich hörten wir einen Notschrei. – Ich eilte die Treppe hinab und fand das Pferd so wild und unbändig, daß niemand sich getraute, sich ihm zu nähern oder es zu besteigen. Bestürzt und verwirrt standen die entschlossensten Reiter da; Angst und Besorgnis schwebte auf allen Gesichtern, als ich mit einem einzigen Sprunge auf seinem Rücken saß und das Pferd durch diese Überraschung nicht nur in Schrecken setzte, sondern es auch durch Anwendung meiner besten Reitkünste gänzlich zu Ruhe und Gehorsam brachte. Um dies den Damen noch besser zu zeigen und ihnen alle unnötige Besorgnis zu ersparen, so zwang ich den Gaul, durch eins der offenen Fenster des Teezimmers mit mir hineinzusetzen. Hier ritt ich nun verschiedene Male bald Schritt, bald Trott, bald Galopp herum, setzte endlich sogar auf den Teetisch und machte da im kleinen überaus artig die ganze Schule durch, worüber sich denn die Damen ganz ausnehmend ergötzten. Mein Rößchen machte alles so bewundernswürdig geschickt, daß es weder Kannen noch Tassen zerbrach. Dies setzte mich bei den Damen und dem Herrn Grafen so hoch in Gunst, daß er mit seiner gewöhnlichen Höflichkeit mich bat, das junge Pferd zum Geschenk von ihm anzunehmen und auf selbigem in dem Feldzuge gegen die Türken, welcher in kurzem unter Anführung des Grafen *Münnich* eröffnet werden sollte, auf Sieg und Eroberung auszureiten.

Ein angenehmeres Geschenk hätte mir nun wohl nicht leicht gemacht werden können, besonders da es mir soviel Gutes von einem Feldzuge weissagte, in welchem ich mein erstes Probestück als Soldat ablegen wollte. Ein Pferd, so gefügig, so mutvoll und feurig – Lamm und Bucephal zugleich – mußte mich allezeit an die Pflichten eines braven Soldaten und an die erstaunlichen Taten erinnern, welche der junge Alexander im Felde verrichet hatte.

Wir zogen, wie es scheint, unter anderen auch in der Absicht zu Felde, um die Ehre der russischen Waffen, welche in dem Feldzuge unter Zar Peter am Pruth ein wenig gelitten hatte, wiederherzustellen. Dieses gelang uns auch vollkommen durch verschiedene, zwar mühselige, aber doch rühmliche Feldzüge, unter Anführung des großen Feldherrn, dessen ich vorhin erwähnte. Die Bescheidenheit verbietet es Subalternen, sich große Taten und Siege zuzuschreiben, wovon der Ruhm gemeiniglich den Anführern, ihrer Alltagsqualitäten ungeachtet, ja wohl gar verkehrt genug Königen und Königinnen in Rechnung gebracht wird, welche niemals anderes als Musterungspulver rochen, nie außer ihren Lustlagern ein Schlachtfeld, noch außer ihren Wachtparaden ein Heer in Schlachtordnung erblickten.

Ich mache also keinen besonderen Anspruch an die Ehre von unseren größeren Affären mit dem Feinde. Wir taten insgesamt unsere Schuldigkeit, welches in der Sprache des Patrioten, des Soldaten, und kurz des braven Mannes ein sehr viel umfassender Ausdruck, ein Ausdruck von sehr wichtigem Inhalt und Belang ist, obgleich der große Haufen müßiger Kannegießer sich nur einen sehr geringen und ärmlichen Begriff davon machen mag. Da ich indessen ein Korps Husaren unter meinem Kommando hatte, so ging ich auf verschiedene Expeditionen aus, wo das Verhalten meiner eigenen Klugheit und Tapferkeit überlassen war. Den Erfolg hiervon, denke ich denn doch, kann ich mit gutem Fug auf meine eigene und die Rechnung derjenigen braven Gefährten schreiben, die ich zu Sieg und Eroberung führte.

Einst, als wir die Türken in Oczakow hineintrieben, ging's bei der Avantgarde sehr heiß her. Mein feuriger Litauer hätte mich beinahe in des Teufels Küche gebracht. Ich hatte einen ziemlich entfernten Vorposten und sah den Feind in einer Wolke von Staub gegen mich anrücken, wodurch ich wegen seiner wahren Anzahl und Absicht gänzlich in Ungewißheit blieb. Mich in eine ähnliche Wolke von Staub einzuhüllen, wäre freilich wohl ein Alltagspfiff gewesen, würde mich aber ebensowenig klüger gemacht als überhaupt der Absicht näher gebracht haben, warum ich vorausgeschickt war.

Ich ließ daher meine Flankeurs zur Linken und Rechten auf beiden Flügeln sich zerstreuen und so viel Staub erregen, als sie nur immer konnten. Ich selbst aber ging gerade auf den Feind los, um ihn näher in Augenschein zu nehmen. Dies gelang mir. Denn er stand und focht nur so lange, bis die Furcht vor meinen Flankeurs ihn in Unordnung zurücktrieb. Nun war's Zeit, tapfer über ihn herzufallen. Wir zerstreuten ihn völlig, richteten eine gewaltige Niederlage an und trieben ihn nicht allein in seine Festung zu Loche, sondern auch durch und durch, ganz über und wider unsere blutgierigsten Erwartungen.

Weil nun mein Litauer so außerordentlich geschwind war, so war ich der Vorderste beim Nachsetzen, und da ich sah, daß der Feind so hübsch zum gegenseitigen Tore wieder hinausfloh, so hielt ich's für ratsam, auf dem Marktplatze anzuhalten und da zum Rendezvous blasen zu lassen. Ich hielt an, aber stellt euch, ihr Herren, mein Erstaunen vor, als ich weder Trompeter, noch irgend eine lebendige Seele von meinen Husaren um mich sah. »Sprengen sie etwa durch andere Straßen? Oder was ist aus ihnen geworden?« dachte ich. Indessen konnten sie, meiner Meinung nach, unmöglich fern sein und mußten mich bald einholen. In dieser Erwartung ritt ich meinen atemlosen Litauer zu einem Brunnen auf dem Marktplatze und ließ ihn trinken. Er soff ganz unmäßig und mit einem Heißdurste, der gar nicht zu löschen war. Allein das ging ganz natürlich zu. Denn als ich mich nach meinen Leuten umsah, was meint ihr wohl, ihr Herren, was ich da erblickte? – Der ganze Hinterteil des armen Tieres, Kreuz und Lenden waren fort und wie rein abgeschnitten. So lief denn hinten das Wasser ebenso wieder heraus, als es von vorn hineingekommen war, ohne daß es dem Gaule zu gute kam oder ihn erfrischte. Wie das zugegangen sein mochte, blieb mir ein völliges Rätsel, bis endlich mein Reitknecht von einer ganz entgegengesetzten Seite angejagt kam, und unter einem Strome von treuherzigen Glückwünschen und kräftigen Flüchen, mir folgendes zu vernehmen gab. Als ich *pêle-mêle* mit dem fliehenden Feinde hineingedrungen wäre, hätte man plötzlich das Schutzgatter fallen lassen, und dadurch wäre der Hinterteil meines Pferdes rein abgeschlagen worden. Erst hätte besagter Hinterteil unter den Feinden, die ganz blind und taub gegen das Tor angestürzt wären, durch beständiges Ausschlagen die fürchterlichste Verheerung angerichtet, und dann wäre er siegreich nach einer nahe gelegenen Weide hingewandert, wo ich ihn wahrscheinlich noch finden würde. Ich drehte sogleich um, und in einem unbegreiflich schnellen Galopp brachte mich die Hälfte meines Pferdes, die mir noch übrig war, nach der Weide hin. Zu meiner großen Freude fand ich hier die andere Hälfte gegenwärtig, und zu meiner noch größeren Verwunderung sah ich, daß sich dieselbe mit einer Beschäftigung amüsierte, die so gut gewählt war, daß bis jetzt noch kein *maître des plaisirs* mit allem Scharfsinne imstande war, eine angemessenere Unterhaltung eines kopflosen Subjekts ausfindig zu machen. Mit einem Worte, der Hinterteil meines Wunderpferdes hatte in den wenigen Augenblicken schon sehr vertraute Bekanntschaft mit den Stuten gemacht, die auf der Weide umherliefen, und schien bei den Vergnügungen seines Harems alles ausgestandene Ungemach zu vergessen. Hierbei kam nun freilich der Kopf so wenig in Betracht, daß selbst die Fohlen, die dieser Erholung ihr Dasein zu danken hatten, unbrauchbare Mißgeburten waren, denen alles das fehlte, was bei ihrem Vater, als er sie zeugte, vermißt wurde.

Da ich so unwidersprechliche Beweise hatte, daß in beiden Hälften meines Pferdes Leben sei, so ließ ich sogleich unseren Kurschmied rufen. Dieser heftete, ohne sich lange zu besinnen, beide Teile mit jungen Lorbeersprößlingen, die gerade bei der Hand waren, zusammen. Die Wunde heilte glücklich zu, und es begab sich etwas, das nur einem so ruhmvollen Pferde begegnen konnte. Nämlich die Sprossen schlugen Wurzeln in seinem Leibe, wuchsen empor und wölbten eine Laube über mir, so daß ich hernach manchen ehrlichen Ritt im Schatten meiner sowohl als meines Rosses Lorbeern tun konnte.

... setzte endlich sogar auf den Teetisch ...

Einer anderen kleinen Ungelegenheit von dieser Affäre will ich nur beiläufig erwähnen. Ich hatte so heftig, so lange, so unermüdet auf den Feind losgehauen, daß mein Arm dadurch endlich in eine unwillkürliche Bewegung des Hauens geraten war, als der Feind schon längst über alle Berge war. Um mich nun nicht selbst oder meine Leute, die mir zu nahe kamen, für nichts und wieder nichts zu prügeln, sah ich mich genötigt, meinen Arm an die acht Tage lang ebensogut in der Binde zu tragen, als ob er mir halb abgehauen gewesen wäre.

Einem Manne, meine Herren, der einen Gaul, wie mein Litauer war, zu reiten vermochte, können Sie auch wohl noch ein anderes Voltigier- und Reiterstückchen zutrauen, welches außerdem vielleicht ein wenig fabelhaft klingen möchte. Wir belagerten nämlich, ich weiß nicht mehr welche Stadt, und dem Feldmarschall war ganz erstaunlich viel an genauer Kundschaft gelegen, wie die Sachen in der Festung stünden. Es schien äußerst schwer, ja fast unmöglich, durch alle Vorposten, Wachen und Festungswerke hinein zu gelangen; auch war eben kein tüchtiges Subjekt vorhanden, wodurch man so etwas glücklich auszurichten hätte hoffen können. Vor Mut und Diensteifer fast ein wenig allzu rasch, stellte ich mich neben eine der größten Kanonen, die soeben nach der Festung abgefeuert ward, und sprang im Hui auf die Kugel, in der Absicht, mich in die Festung hineintragen zu lassen. Als ich aber halbweges durch die Luft geritten war, stiegen mir allerlei nicht unerhebliche Bedenklichkeiten zu Kopfe. »Hum«, dachte ich, »hinein kommst nun wohl, allein wie hernach sogleich wieder heraus? Und wie kann's dir in der Festung ergehen? Man wird dich sogleich als einen Spion erkennen und an den nächsten Galgen hängen. Ein solches Bett der Ehre wollte ich mir denn doch wohl verbitten.« Nach diesen und ähnlichen Betrachtungen entschloß ich mich kurz, nahm die glückliche Gelegenheit wahr, als eine Kanonenkugel aus der Festung einige Schritte weit von mir vorüber nach unserem Lager flog, sprang von der meinigen auf diese hinüber und kam, zwar unverrichteter Sache, jedoch wohlbehalten bei den lieben Unserigen wieder an.

So leicht und fertig ich im Springen war, so war es auch mein Pferd. Weder Graben noch Zäune hielten mich jemals ab, überall den geradesten Weg zu reiten. Einst setzte ich darauf hinter einem Hasen her, der querfeldein über die Heerstraße lief. Eine Kutsche mit zwei schönen Damen fuhr diesen Weg gerade zwischen mir und dem Hasen vorbei. Mein Gaul setzte so schnell und ohne Anstoß mitten durch die Kutsche hindurch, wovon die Fenster aufgezogen waren, daß ich kaum Zeit hatte, meinen Hut abzuziehen und die Damen wegen dieser Freiheit untertänigst um Verzeihung zu bitten.

Ein anderes Mal wollte ich über einen Morast setzen, der mir anfänglich nicht so breit vorkam, als ich ihn fand, da ich mitten im Sprunge war. Schwebend in der Luft wendete ich daher wieder um, wo ich hergekommen war, um einen größeren Anlauf zu nehmen. Gleichwohl sprang ich auch zum zweiten Male noch zu kurz und fiel nicht weit vom anderen Ufer bis an den Hals in den Morast. Hier hätte ich unfehlbar umkommen müssen, wenn nicht die Stärke meines eigenen Armes mich an meinem eigenen Haarzopfe, samt dem Pferde, welches ich fest zwischen meine Kniee schloß, wieder herausgezogen hätte.

Trotz aller meiner Tapferkeit und Klugheit, trotz meiner und meines Pferdes Schnelligkeit, Gewandtheit und Stärke ging's mir in dem Türkenkriege doch nicht immer nach Wunsch. Ich hatte sogar das Unglück, durch die Menge übermannt und zum Kriegsgefangenen gemacht zu werden. Ja, was noch schlimmer war, aber doch immer unter den Türken gewöhnlich ist, ich wurde zum Sklaven verkauft. In diesem Stande der Demütigung war mein Tagewerk nicht sowohl hart und sauer als vielmehr seltsam und verdrießlich. Ich mußte nämlich des Sultans Bienen alle Morgen auf die Weide treiben, sie daselbst den ganzen Tag lang hüten und dann gegen Abend wieder zurück in ihre Stöcke treiben.

Eines Abends vermißte ich eine Biene, wurde aber sogleich gewahr, daß zwei Bären sie angefallen hatten und ihres Honigs wegen zerreißen wollten. Da ich nun nichts anderes Waffenähnliches in Händen hatte als die silberne Axt, welche das Kennzeichen der Gärtner und Landarbeiter des Sultans ist, so warf ich diese nach den beiden Räubern, bloß in der Absicht, sie damit wegzuscheuchen. Die arme Biene setzte ich auch wirklich dadurch in Freiheit; allein durch einen unglücklichen, allzustarken Schwung meines Armes flog die Axt in die Höhe und hörte nicht auf zu steigen, bis sie im Monde niederfiel. Wie sollte ich sie nun wiederkriegen? Mit welcher Leiter auf Erden sie herunterholen? Da fiel mir ein, daß die türkischen Bohnen sehr geschwind und zu einer ganz erstaunlichen Höhe emporwüchsen. Augenblicklich pflanzte ich also eine solche Bohne, welche wirklich emporwuchs und sich an eins von des Mondes Hörnern von selbst anrankte. Nun kletterte ich getrost nach dem Monde empor, wo ich auch glücklich anlangte. Es war ein ziemlich mühseliges Stückchen Arbeit, meine silberne Axt an einem Orte wieder zu finden, wo alle anderen Dinge gleichfalls wie Silber glänzten. Endlich aber fand ich sie doch auf einem Haufen Spreu und Häckerling. Nun wollte ich wieder zurückkehren, aber ach! die Sonnenhitze hatte indessen meine Bohne aufgetrocknet, so daß daran schlechterdings nicht wieder herabzusteigen war. Was war nun zu tun? – Ich flocht mir einen Strick von dem Häckerling, so lang ich ihn nur immer machen konnte. Diesen befestigte ich an eins von des Mondes Hörnern und ließ mich daran herunter. Mit der rechten Hand hielt ich mich fest, und in der linken führte ich meine Axt. Sowie ich nun eine Strecke hinuntergeglitten war, so hieb ich immer das überflüssige Stück über mir ab, und knüpfte dasselbe unten wieder an, wodurch ich denn ziemlich weit herunter gelangte. Dieses wiederholte Abhauen und Anknüpfen machte nun freilich den Strick ebensowenig besser, als es mich völlig hinab auf des Sultans Landgut brachte. Ich mochte wohl noch ein paar Meilen weit droben in den Wolken sein, als mein Strick auf einmal zerriß und ich mit solcher Heftigkeit herab auf Gottes Erdboden fiel, daß ich ganz betäubt davon wurde. Durch die Schwere meines von einer solchen Höhe herabfallenden Körpers fiel ich in ein Loch, wenigstens neun Klafter tief, in die Erde hinein. Ich erholte mich zwar endlich wieder, wußte aber nun nicht, wie ich wieder herauskommen sollte. Allein, was tut nicht die Not? Ich grub mir mit meinen Nägeln, deren Wuchs damals vierzigjährig war, eine Art von Treppe und förderte mich dadurch glücklich zu Tage.

Durch diese mühselige Erfahrung klüger gemacht, fing ich's nachher besser an, der Bären, die so gern nach meinen Bienen und den Honigstöcken stiegen, los zu werden. Ich bestrich die Deichsel eines Ackerwagens mit Honig und legte mich nicht weit davon des Nachts in einen Hinterhalt. Was ich vermutete, das geschah. Ein ungeheurer Bär, herbeigelockt durch den Duft des Honigs, kam an, und fing vorn an der Spitze der Stange so begierig an zu lecken, daß er sich die ganze Stange durch Schlund, Magen und Bauch bis hinten wieder hinausleckte. Als er sich nun so artig auf die Stange hinaufgeleckt hatte, lief ich hinzu, steckte vorn durch das Loch der Deichsel einen langen Pflock, verwehrte dadurch dem Nascher den Rückzug und ließ ihn sitzen bis an den anderen Morgen. Über dies Stückchen wollte sich der Großsultan, der von ungefähr vorbei spazierte, fast totlachen.

Nicht lange hierauf machten die Russen mit den Türken Frieden, und ich wurde nebst anderen Kriegsgefangenen wieder nach St. Petersburg ausgeliefert. Ich nahm aber nun meinen Abschied und verließ Rußland um die Zeit der großen Revolution, vor etwa vierzig Jahren, da der Kaiser in der Wiege, nebst seiner Mutter und ihrem Vater, dem Herzoge von Braunschweig, dem Feldmarschall von Münnich und vielen anderen nach Sibirien geschickt wurde. Es herrschte damals über ganz Europa ein so außerordentlich strenger Winter, daß die Sonne eine Art von Frostschaden erlitten haben muß, woran sie seit der ganzen Zeit her bis auf den heutigen Tag gesiecht hat. Ich empfand daher auf der Rückreise in mein Vaterland weit größeres Ungemach, als ich auf meiner Hinreise nach Rußland erfahren hatte.

Ich mußte, weil mein Litauer in der Türkei geblieben war, mit der Post reisen. Als sich's nun fügte, daß wir an einen engen hohlen Weg zwischen hohen Dornhecken kamen, so erinnerte ich den Postillon, mit seinem Horne ein Zeichen zu geben, damit wir uns in diesem engen Passe nicht etwa gegen ein anderes entgegenkommendes Fuhrwerk festfahren möchten. Mein Kerl setzte an und blies aus Leibeskräften in das Horn, aber alle seine Bemühungen waren umsonst. Nicht ein einziger Ton kam heraus, welches uns ganz unerklärlich, ja in der Tat ein rechtes Unglück zu achten war, indem bald eine andere uns entgegenkommende Kutsche auf uns stieß, vor welcher nun schlechterdings nicht vorbeizukommen war. Nichtsdestoweniger sprang ich aus meinem Wagen und spannte zuvörderst die Pferde aus. Hierauf nahm ich den Wagen nebst den vier Rädern und allen Päckereien auf meine Schultern, und sprang damit über Ufer und Hecke, ungefähr neun Fuß hoch, welches, in Rücksicht auf die Schwere der Kutsche, eben keine Kleinigkeit war, auf das Feld hinüber. Durch einen anderen Rücksprung gelangte ich, die fremde Kutsche vorüber, wieder in den Weg. Darauf eilte ich zurück zu unseren Pferden, nahm unter jeden Arm eins, und holte sie auf die vorige Art, nämlich durch einen zweimaligen Sprung hinüber und herüber, gleichfalls herbei, ließ wieder anspannen und gelangte glücklich am Ende der Station zur Herberge. Noch hätte ich anführen sollen, daß eins von den Pferden, welches sehr mutig

So lief denn hinten das Wasser ebenso wieder heraus …

und nicht über vier Jahre alt war, ziemlichen Unfug machen wollte. Denn als ich meinen zweiten Sprung über die Hecke tat, so verriet es durch sein Schnauben und Trampeln ein großes Mißbehagen an dieser heftigen Bewegung. Dies verwehrte ich ihm aber gar bald, indem ich seine Hinterbeine in meine Rocktasche steckte. In der Herberge erholten wir uns wieder von unserem Abenteuer. Der Postillon hängte sein Horn an einen Nagel beim Küchenfeuer, und ich setzte mich ihm gegenüber.

Nun hört, ihr Herren, was geschah! Auf einmal ging's: *Tereng! Tereng! teng! teng!* Wir machten große Augen, und fanden nun auf einmal die Ursache aus, warum der Postillon sein Horn nicht hatte blasen können. Die Töne waren in dem Horne festgefroren und kamen nun, so wie sie nach und nach auftauten, hell und klar, zu nicht geringer Ehre des Fuhrmanns heraus. Denn die ehrliche Haut unterhielt uns nun eine ziemliche Zeit lang mit der herrlichsten Modulation, ohne den Mund an das Horn zu bringen. Da hörten wir den preußischen Marsch – Ohne Lieb' und ohne Wein – Als ich auf meiner Bleiche – Gestern abend war Vetter Michel da – nebst noch vielen anderen Stückchen, auch sogar das Abendlied: Nun ruhen alle Wälder. – Mit diesem letzten endigte sich denn dieser Taufpaß, so wie ich hiermit meine russische Reisegeschichte.

Manche Reisende sind bisweilen imstande, mehr zu behaupten, als genau genommen wahr sein mag. Daher ist es denn kein Wunder, wenn Leser oder Zuhörer ein wenig zum Unglauben geneigt werden. Sollten indessen einige von der Gesellschaft an meiner Wahrhaftigkeit zweifeln, so muß ich sie wegen ihrer Ungläubigkeit herzlich bemitleiden und sie bitten, sich lieber zu entfernen, ehe ich meine Schiffs-Abenteuer beginne, die zwar fast noch wunderbarer, aber doch ebenso authentisch sind.

Gleich die erste Reise, die ich in meinem Leben machte, geraume Zeit vor der russischen, von der ich eben einige Merkwürdigkeiten erzählt habe, war eine Reise zur See. Ich stand, wie mein Onkel, der schwarzbärtigste Husarenoberst, den ich je gesehen habe, mir oft zuzuschnurren pflegte, noch mit den Gänsen im Prozesse, und man hielt es noch für unentschieden, ob der weiße Flaum an meinem Kinne Keim von Daunen oder von einem Barte wäre, als schon Reisen das einzige Dichten und Trachten meines Herzens war. Da mein Vater teils selbst ein ehrliches Teil seiner früheren Jahre mit Reisen zugebracht hatte, teils manchen Winterabend durch die aufrichtige und ungeschminkte Erzählung seiner Abenteuer verkürzte, von denen ich Ihnen vielleicht in der Folge noch einige zum besten gebe, so kann man jene Neigung bei mir wohl mit ebenso gutem Grunde für angeboren als für eingeflößet halten. Genug, ich ergriff jede Gelegenheit, die sich anbot oder nicht anbot, meiner unüberwindlichen Begierde, die Welt zu sehen, Befriedigung zu erbetteln oder zu ertrotzen; allein vergebens. Gelang es mir auch einmal bei meinem Vater eine kleine Bresche zu machen, so taten Mama und Tante desto heftigeren Widerstand, und in wenigen Augenblicken war alles, was ich durch die überlegtesten Angriffe gewonnen hatte, wieder verloren. Endlich fügte sich's, daß einer meiner mütterlichen Verwandten uns besuchte. Ich wurde bald sein Liebling; er sagte mir oft, ich wäre ein hübscher munterer Junge, und er wolle alles mögliche tun, mir zur Erfüllung meines sehnlichsten Wunsches behilflich zu sein. Seine Beredsamkeit war wirksamer als die meinige, und nach vielen Vorstellungen und Gegenvorstellungen, Einwendungen und Widerlegungen wurde endlich zu meiner unaussprechlichen Freude beschlossen, daß ich ihn auf einer Reise nach Ceylon, wo sein Onkel viele Jahre Gouverneur gewesen war, begleiten sollte.

Wir segelten mit wichtigen Aufträgen Ihrer Hochmögenden, der Staaten von Holland, von Amsterdam ab. Unsere Reise hatte, wenn ich einen außerordentlichen Sturm abrechne, nichts Besonderes. Dieses Sturmes aber muß ich, seiner wunderbaren Folgen wegen, mit ein paar Worten gedenken. Er nahm sich auf, gerade als wir bei einer Insel vor Anker lagen, um uns mit Holz und Wasser zu versorgen, und tobte mit solcher Heftigkeit, daß er eine große Menge Bäume von ungeheurer Dicke und Höhe mit der Wurzel aus der Erde riß und durch die Luft schleuderte. Ungeachtet einige dieser Bäume mehrere hundert Zentner schwer waren, so sahen sie doch, wegen der unermeßlichen Höhe – denn sie waren wenigstens fünf Meilen über der Erde – nicht größer aus als kleine Vogelfederchen, die bisweilen in der Luft umherfliegen. Indes sowie der Orkan sich legte, fiel jeder Baum senkrecht in seine Stelle und schlug sogleich wieder Wurzel, so daß kaum eine Spur der Verwüstung zu sehen war. Nur der größte machte hiervon eine Ausnahme. Als er durch die plötzliche Gewalt des Sturmes aus der Erde gerissen wurde, saß gerade ein Mann mit seinem Weibe auf den Ästen desselben und pflückte Gurken; denn in diesem Teile der Welt wächst diese herrliche Frucht auf Bäumen. Das ehrliche Paar machte so geduldig als Blanchards Hammel die Luftreise mit, veranlaßte aber durch seine Schwere, daß der Baum sowohl von seiner Richtung gegen seinen vorigen Platz abwich, als auch in einer horizontalen Lage herunter kam. Nun hatte, so wie die meisten Einwohner auf dieser Insel, so auch ihr allergnädigster Kazike während des Sturms seine Wohnung verlassen, aus Furcht unter den Trümmern derselben begraben zu werden, und wollte gerade wieder durch seinen Garten zurückgehen, als dieser Baum herniedersausete und ihn glücklicherweise auf der Stelle totschlug.

– »Glücklicherweise?«

Ja, ja, glücklicherweise. Denn, meine Herren, der Kazike war, mit Erlaubnis zu melden, der abscheulichste Tyrann, und die Einwohner der Insel, selbst seine Günstlinge und Maitressen nicht ausgenommen, die elendesten Geschöpfe unterm Monde. In seinen Vorratshäusern verfaulten die Lebensmittel, während seine Untertanen, denen sie abgepreßt waren, vor Hunger verschmachteten. Seine Insel hatte keine auswärtigen Feinde zu fürchten; dessenungeachtet nahm er jeden jungen Kerl weg, prügelte ihn höchsteigenhändig zum Helden und verkaufte von Zeit zu Zeit seine Kollektion dem meistbietenden benachbarten Fürsten, um zu den Millionen Muscheln, die er von seinem Vater geerbt hatte, neue Millionen zu legen. – Man sagte uns, er habe diese unerhörten Grundsätze von einer Reise, die er *nach dem Norden* gemacht habe, mitgebracht; eine Behauptung, auf deren Widerlegung wir uns, alles Patriotismus ungeachtet, schon deswegen nicht einlassen konnten, weil bei diesen Insulanern eine Reise nach dem Norden ebensowohl eine Reise nach den Kanarischen Inseln als eine Spazierfahrt nach Grönland bedeutet; und eine bestimmtere Erklärung mochten wir aus mehreren Gründen nicht verlangen.

Zur Dankbarkeit für den großen Dienst, den das gurkenpflückende Paar, obgleich nur zufälligerweise, seinen Mitbürgern erwiesen hatte, wurde es von diesen auf den erledigten Thron gesetzt. Zwar waren diese guten Leutchen auf ihrer Luftfahrt dem großen Lichte der Welt so nahe gekommen, daß sie das Licht ihrer Augen und noch überdies eine kleine Portion ihres inneren Lichts dabei zugesetzt hatten; allein nichtsdestoweniger regierten sie so löblich, daß, wie ich in der Folge erfuhr, niemand Gurken aß, ohne zu sprechen: Gott erhalte den Kaziken.

Nachdem wir unser Schiff, das von diesem Sturme nicht wenig beschädigt war, wieder ausgebessert und uns von dem neuen Monarchen und seiner Gemahlin beurlaubt hatten, segelten wir mit ziemlichem Winde ab und kamen nach sechs Wochen glücklich zu Ceylon an.

Es mochten ungefähr vierzehn Tage seit unserer Ankunft verstrichen sein, als mir der älteste Sohn des Gouverneurs den Vorschlag tat, mit ihm auf die Jagd zu gehen, den ich auch herzlich gern annahm. Mein Freund war ein großer starker Mann und an die Hitze jenes Klimas gewöhnt; ich aber wurde in kurzer Zeit und bei ganz mäßiger Bewegung so matt, daß ich, als wir in den Wald gekommen waren, weit hinter ihm zurückblieb.

… und sprang im Hui auf die Kugel …

Ich wollte mich eben an dem Ufer eines reißenden Stromes, der schon einige Zeit meine Aufmerksamkeit beschäftigt hatte, niedersetzen, um mich etwas auszuruhen, als ich auf einmal auf dem Wege, den ich gekommen war, ein Geräusch hörte. Ich sah zurück, und wurde fast versteinert, als ich einen ungeheuren Löwen erblickte, der gerade auf mich zukam und mir nicht undeutlich merken ließ, daß er gnädigst geruhe, meinen armen Leichnam zu seinem Frühstück zu machen, ohne sich nur meine Einwilligung auszubitten. Meine Flinte war bloß mit Hasenschrot geladen. Langes Besinnen erlaubte mir weder die Zeit, noch meine Verwirrung. Doch entschloß ich mich, auf die Bestie zu feuern, in der Hoffnung, sie zu schrecken, vielleicht auch zu verwunden. Allein, da ich in der Angst nicht einmal wartete, bis mir der Löwe zum Schusse kam, so wurde er dadurch wütend gemacht und kam nun mit aller Heftigkeit auf mich los. Mehr aus Instinkt als aus vernünftiger Überlegung versuchte ich eine Unmöglichkeit – zu entfliehen. Ich kehrte mich um, und – mir läuft noch, so oft ich daran gedenke, ein kalter Schauder über den Leib – wenige Schritte von mir steht ein scheußliches Krokodil, das schon fürchterlich seinen Rachen aufsperrte, um mich zu verschlingen.

Stellen Sie sich, meine Herren, das Schreckliche meiner Lage vor! Hinter mir der Löwe, vor mir das Krokodil, zu meiner Linken ein reißender Strom, zu meiner Rechten ein Abgrund, in dem, wie ich nachher hörte, die giftigsten Schlangen sich aufhielten.

Betäubt – und das war einem Herkules in dieser Lage nicht übelzunehmen – stürzte ich zu Boden. Jeder Gedanke, den meine Seele noch vermochte, war die schreckliche Erwartung, jetzt die Zähne oder Klauen des wütenden Raubtieres zu fühlen, oder in dem Rachen des Krokodils zu stecken. Doch in wenigen Sekunden hörte ich einen starken, aber durchaus fremden Laut. Ich wage es endlich, meinen Kopf aufzuheben und mich umzuschauen, und – was meinen Sie? – zu meiner unaussprechlichen Freude finde ich, daß der Löwe in der Hitze, in der er auf mich losschoß, in ebendem Augenblicke, in dem ich niederstürzte, über mich weg in den Rachen des Krokodils gesprungen war. Der Kopf des einen steckte nun in dem Schlunde des anderen, und sie strebten mit aller Macht, sich voneinander los zu machen. Gerade noch zu rechter Zeit sprang ich auf, zog meinen Hirschfänger, und mit einem Streiche haute ich den Kopf des Löwen ab, so daß der Rumpf zu meinen Füßen zuckte. Darauf rammte ich mit dem unteren Ende meiner Flinte den Kopf noch tiefer in den Rachen des Krokodils, das nun jämmerlich ersticken mußte.

Bald nachdem ich diesen vollkommenen Sieg über zwei fürchterliche Feinde erfochten hatte, kam mein Freund, um zu sehen, was die Ursache meines Zurückbleibens wäre.

Nach gegenseitigen Glückwünschen maßen wir das Krokodil und fanden es genau vierzig Pariser Fuß, sieben Zoll lang.

Sobald wir dem Gouverneur dieses außerordentliche Abenteuer erzählt hatten, schickte er einen Wagen mit einigen Leuten aus und ließ die beiden Tiere nach seinem Hause holen. Aus dem Felle des Löwen mußte mir ein dortiger Kürschner Tabaksbeutel verfertigen, von denen ich einige meinen Bekannten zu Ceylon verehrte. Mit den übrigen machte ich bei unserer Rückkunft nach Holland Geschenke an die Bürgermeister, die mir dagegen ein Geschenk von tausend Dukaten machen wollten, das ich nur mit vieler Mühe ablehnen konnte.

Die Haut des Krokodils wurde auf die gewöhnliche Art ausgestopft und macht nun eine der größten Merkwürdigkeiten in dem Museum zu Amsterdam aus, wo der Vorzeiger die ganze Geschichte jedem, den er herumführt, erzählt. Dabei macht er denn freilich immer einige Zusätze, von denen verschiedene Wahrheit und Wahrscheinlichkeit in hohem Grade beleidigen. So pflegt er zum Exempel zu sagen, daß der Löwe durch das Krokodil hindurchgesprungen sei und eben bei der Hintertür habe entwischen wollen, als *Monsieur,* der weltberühmte Baron, wie er mich zu nennen beliebt, den Kopf, sowie er herauskam, und mit dem Kopfe drei Fuß von dem Schwanze des Krokodils abgehauen hätte. Das Krokodil, fährt der Kerl bisweilen fort, blieb bei dem Verluste seines Schwanzes nicht gleichgültig, drehte sich um, riß *Monsieur* den Hirschfänger aus der Hand und verschlang ihn mit solcher Hitze, daß er mitten durch das Herz des Ungetüms fuhr und es auf der Stelle sein Leben verlor.

Ich brauche Ihnen nicht zu sagen, meine Herren, wie unangenehm mir die Unverschämtheit dieses Schurken sein muß. Leute, die mich nicht kennen, werden durch dergleichen handgreifliche Lügen in unserem zweifelsüchtigen Zeitalter leicht veranlaßt, selbst in die Wahrheit meiner wirklichen Taten ein Mißtrauen zu setzen, was einen Kavalier von Ehre im höchsten Grade kränkt und beleidigt.

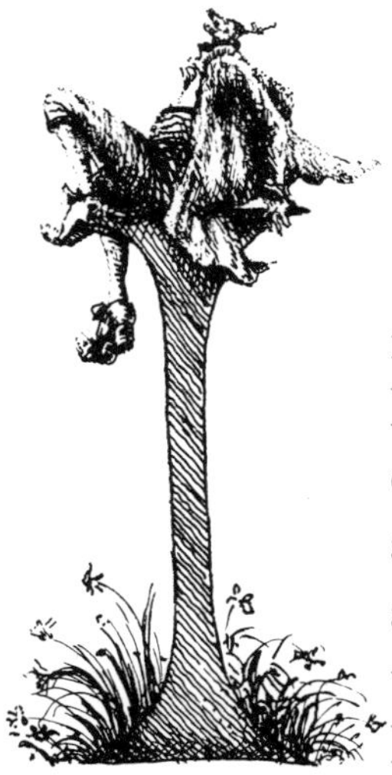

Im Jahre 1766 schiffte ich mich zu Portsmouth auf einem englischen Kriegsschiffe erster Ordnung, mit hundert Kanonen und vierzehnhundert Mann, nach Nordamerika ein. Ich könnte hier zwar erst noch allerlei, was mir in England begegnet ist, erzählen; ich verspare es aber auf ein anderes Mal. Eins jedoch, welches mir überaus artig vorkam, will ich doch im Vorbeigehen mitnehmen. Ich hatte das Vergnügen, den König mit großem Pompe in seinem Staatswagen nach dem Parlament fahren zu sehen. Ein Kutscher mit einem ungemein respektablen Barte, worein das englische Wappen sehr sauber geschnitten war, saß gravitätisch auf dem Bocke und klatschte mit seiner Peitsche ein ebenso deutliches als künstliches –

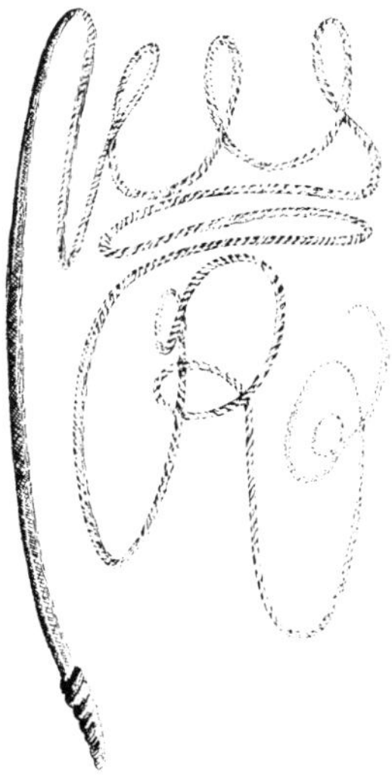

Anlangend unsere Seereise, so begegnete uns nichts Merkwürdiges, bis wir ungefähr noch dreihundert Meilen von dem St. Lorenzflusse entfernt waren. Hier stieß das Schiff mit erstaunlicher Gewalt gegen etwas an, das uns wie ein Fels vorkam. Gleichwohl konnten wir, als wir das Senkblei auswarfen, mit fünfhundert Klaftern noch keinen Grund finden. Was diesen Vorfall noch wunderbarer und beinahe unbegreiflich machte, war, daß wir unser Steuerruder verloren, das Bogspriet mitten entzwei brachen und alle unsere Masten von oben bis untenaus zersplitterten, wovon auch zwei über Bord stoben. Ein armer Teufel, welcher gerade oben das Hauptsegel beilegte, flog wenigstens drei Meilen weit vom Schiffe weg, ehe er ins Wasser fiel. Allein er rettete doch dadurch glücklich sein Leben, daß er, während er in der Luft flog, den Schwanz einer Rotgans ergriff, welches nicht nur seinen Sturz in das Wasser milderte, sondern ihm auch Gelegenheit gab, auf ihrem Rücken, oder vielmehr zwischen Hals und Fittichen, so lange nachzuschwimmen, bis er endlich an Bord genommen werden konnte. Ein anderer Beweis von der Gewalt des Stoßes war dieser, daß alles Volk zwischen den Verdecken empor gegen die Kopfdecke geschnellt ward. Mein Kopf ward dadurch ganz in den Magen hinabgepufft, und es dauerte wohl einige Monate, ehe er seine natürliche Stellung wieder bekam. Noch befanden wir uns insgesamt in einem Zustande des Erstaunens und einer allgemeinen unbeschreiblichen Verwirrung, als sich auf einmal alles durch Erscheinung eines großen Walfisches aufklärte, welcher an der Oberfläche des Wassers, sich sömmernd, eingeschlafen war. Dies Ungeheuer war so übel damit zufrieden, daß wir es mit unserem Schiffe gestört hatten, daß es nicht nur mit seinem Schwanze die Galerie und einen Teil des Oberlofs einschlug, sondern auch zu gleicher Zeit den Hauptanker, welcher, wie gewöhnlich, am Steuer aufgewunden war, zwischen seine Zähne packte und wenigstens sechzig Meilen weit, sechs Meilen auf eine Stunde gerechnet, mit unserem Schiffe davoneilte. Gott weiß, wohin wir gezogen worden sein würden, wenn nicht noch glücklicherweise das Ankertau zerrissen wäre, wodurch der Walfisch unser Schiff, wir aber auch zugleich unseren Anker verloren. Als wir aber sechs Monate hierauf wieder nach Europa zurücksegelten, so fanden wir ebendenselben Walfisch, in einer Entfernung weniger Meilen von eben der Stelle, tot auf dem Wasser schwimmen, und er maß ungelogen der Länge nach wenigstens eine halbe Meile. Da wir nun von einem so ungeheuren Tiere nur wenig an Bord nehmen konnten, so setzten wir unsere Boote aus, schnitten ihm mit großer Mühe den Kopf ab, und fanden zu unserer großen Freude nicht nur unseren Anker, sondern auch über vierzig Klafter Tau, welches auf der linken Seite seines Rachens in einem hohlen Zahne steckte. Dies war der einzige besondere Umstand, der sich auf dieser Reise zutrug. Doch halt! Eine Fatalität hätte ich beinahe vergessen. Als nämlich das erste Mal der Walfisch mit dem Schiffe davonschwamm, so bekam das Schiff einen Leck, und das Wasser drang so heftig herein, daß alle unsere Pumpen uns keine halbe Stunde vor dem Sinken hätten bewahren können. Zum guten Glücke entdeckte ich das Unheil zuerst. Es war ein großes Loch, ohngefähr einen Fuß im Durchmesser. Auf allerlei Weise versuchte ich es, das Loch zu verstopfen, allein umsonst. Endlich rettete ich dies schöne Schiff und alle seine zahlreiche Mannschaft durch den glücklichsten Einfall von der Welt. Ob das Loch gleich so groß war, so füllte ich's dennoch mit meinem Liebwertesten aus, ohne meine Beinkleider abzuziehen; und ich würde ausgelangt haben, wenn auch die Öffnung noch viel größer gewesen wäre. Sie werden sich darüber nicht wundern, meine Herren, wenn ich Ihnen sage, daß ich auf beiden Seiten von holländischen, wenigstens westfälischen Vorfahren abstamme. Meine Situation, solange ich auf der Brille saß, war zwar ein wenig kühl, indessen ward ich doch bald durch die Kunst des Zimmermanns erlöst.

... und ohne Anstoß mitten durch die Kutsche hindurch ...

Einst war ich in großer Gefahr, im Mittelländischen Meere umzukommen. Ich badete mich nämlich an einem Sommernachmittage, unweit Marseille, in der angenehmen See, als ich einen großen Fisch mit weit aufgesperrtem Rachen in der größten Geschwindigkeit auf mich daherschießen sah. Zeit war hier schlechterdings nicht zu verlieren, auch war es durchaus unmöglich, ihm zu entkommen. Unverzüglich drückte ich mich so klein zusammen als möglich, indem ich meine Füße heraufzog und die Arme dicht an den Leib schloß. In dieser Stellung schlüpfte ich denn gerade zwischen seinen Kiefern hindurch bis in den Magen hinab. Hier brachte ich, wie man leicht denken kann, einige Zeit in gänzlicher Finsternis, aber doch in einer nicht unbehaglichen Wärme zu. Da ich ihm nach und nach Magendrücken verursachen mochte, so wäre er mich wohl gerne wieder los gewesen. Weil es mir gar nicht an Raum fehlte, so spielte ich ihm durch Tritt und Schritt, durch Hopp und He, gar manchen Possen. Nichts schien ihn aber mehr zu beunruhigen, als die schnelle Bewegung meiner Füße, da ich's versuchte, einen schottischen Triller zu tanzen. Ganz entsetzlich schrie er auf und erhob sich fast senkrecht mit seinem halben Leibe aus dem Wasser. Hierdurch ward er aber von dem Volke eines vorbeisegelnden italienischen Kauffahrteischiffes entdeckt und in wenigen Minuten mit Harpunen erlegt. Sobald er an Bord gebracht war, hörte ich das Volk sich beratschlagen, wie sie ihn aufschneiden wollten, um die größte Quantität Öl von ihm zu gewinnen. Da ich nun Italienisch verstand, so geriet ich in die schrecklichste Angst, daß ihre Messer auch mich *par compagnie* mit aufschneiden möchten. Daher stellte ich mich so viel als möglich in die Mitte des Magens, worin für mehr als ein Dutzend Mann hinlänglich Platz war, weil ich mir wohl einbilden konnte, daß sie mit den Extremitäten den Anfang machen würden. Meine Furcht verschwand indessen bald, da sie mit Eröffnung des Unterleibes anfingen. Sobald ich nun nur ein wenig Licht schimmern sah, schrie ich ihnen aus voller Lunge entgegen, wie angenehm es mir wäre, die Herren zu sehen, und durch sie aus einer Lage erlöst zu werden, in welcher ich beinahe erstickt wäre. Unmöglich läßt sich das Erstaunen auf allen Gesichtern lebhaft genug schildern, als sie eine Menschenstimme aus einem Fische heraus vernahmen. Dies wuchs natürlicherweise noch mehr, als sie lang und breit einen nackenden Menschen herausspazieren sahen. Kurz, meine Herren, ich erzählte ihnen die ganze Begebenheit, so wie ich sie Ihnen jetzt erzählt habe, worüber sie sich denn alle fast zu Tode verwundern wollten.

Nachdem ich einige Erfrischungen zu mir genommen hatte und in die See gesprungen war, um mich abzuspülen, schwamm ich nach meinen Kleidern, welche ich auch am Ufer ebenso wiederfand, als ich sie gelassen hatte. So viel ich rechnen konnte, war ich ungefähr dritthalb Stunden in dem Magen dieser Bestie eingekerkert gewesen.

Als ich noch in türkischen Diensten war, belustigte ich mich öfters in einer Lustbarke auf dem *Mare di Marmora,* von wo aus man die herrlichste Aussicht auf ganz Konstantinopel, das Seraglio des Großsultans mit eingeschlossen, beherrscht. Eines Morgens, als ich die Schönheit und Heiterkeit des Himmels betrachtete, bemerkte ich ein rundes Ding, ungefähr wie eine Billardkugel groß, in der Luft, von welchem noch etwas anderes herunterhing. Ich griff sogleich nach meiner besten und längsten Vogelflinte, ohne welche, wenn ich's ändern kann, ich niemals ausgehe oder ausreise, lud sie mit einer Kugel, und feuerte nach dem runden Dinge in der Luft; allein umsonst. Ich wiederholte den Schuß mit zwei Kugeln, richtete aber noch nichts aus. Erst der dritte Schuß, mit vier oder fünf Kugeln, machte an einer Seite ein Loch und brachte das Ding herab. Stellen Sie sich meine Verwunderung vor, als ein niedlich vergoldeter Wagen, hängend an einem ungeheuren Ballon, größer als die größte Turmkuppel, ungefähr zwei Klafter weit von meiner Barke heruntersank. In dem Wagen befand sich ein Mann und ein halbes Schaf, welches gebraten zu sein schien. Sobald sich mein erstes Erstaunen gelegt hatte, schloß ich mit meinen Leuten um diese seltsame Gruppe einen dichten Kreis.

Dem Manne, der wie ein Franzose aussah, welches er denn auch war, hingen aus jeder Tasche ein paar prächtige Uhrketten mit Berlocken, worauf, wie mich dünkt, große Herren und Damen abgemalt waren. Aus jedem Knopfloch hing ihm eine goldene Medaille, wenigstens hundert Dukaten an Wert, und an jeglichem seiner Finger steckte ein kostbarer Ring mit Brillanten. Seine Rocktaschen waren mit vollen Geldbörsen beschwert, die ihn fast zur Erde zogen. »Mein Gott«, dachte ich, »der Mann muß dem menschlichen Geschlechte außerordentlich wichtige Dienste geleistet haben, daß die großen Herren und Damen, ganz wider ihre heutzutage so allgemeine Knickernatur, ihn so mit Geschenken, die es zu sein schienen, beschweren konnten.« Bei alledem befand er sich denn doch gegenwärtig von dem Falle so übel, daß er kaum imstande war, ein Wort hervorzubringen. Nach einiger Zeit erholte er sich wieder und stattete folgenden Bericht ab: »Dieses Luftfuhrwerk hatte ich zwar nicht Kopf und Wissenschaft genug selbst zu erfinden, dennoch aber mehr denn überflüssige Luftspringer- und Seiltänzerwaghalsigkeit zu besteigen und darauf mehrmalen in die Luft empor zu fahren. Vor ungefähr sieben oder acht Tagen – denn ich habe meine Rechnung verloren – erhob ich mich damit auf der Landspitze von Cornwall in England und nahm ein Schaf mit, um von oben herab vor den Augen vieler tausend Nachgaffer Kunststücke damit zu machen. Unglücklicherweise drehte sich der Wind innerhalb zehn Minuten nach meinem Hinaufsteigen, und anstatt mich nach Exeter zu treiben, wo ich wieder zu landen gedachte, ward ich hinaus nach der See getrieben, über welcher ich auch vermutlich die ganze Zeit her in der unermeßlichsten Höhe geschwebt habe.

Es war gut, daß ich zu meinem Kunststückchen mit dem Schafe nicht hatte gelangen können; denn am dritten Tage meiner Luftfahrt wurde mein Hunger so groß, daß ich mich genötigt sah, das Schaf zu schlachten. Als ich nun damals unendlich hoch über dem Monde war und nach einer sechzehnstündigen noch weiteren Auffahrt endlich der Sonne so nahe kam, daß ich mir die Augenbrauen versengte, so legte ich das tote Schaf, nachdem ich es vorher abgehäutet, an denjenigen Ort im Wagen, wo die Sonne die meiste Kraft hatte, oder mit anderen Worten, wo der Ballon keinen Schatten hinwarf, auf welche Weise es denn in ungefähr drei Viertelstunden völlig gar briet. Von diesem Braten habe ich die ganze Zeit her gelebt.« – Hier hielt mein Mann ein und schien sich in Betrachtung der Gegenstände um ihn her zu vertiefen. Als ich ihm sagte, daß die Gebäude da vor uns das Seraglio des Großherrn zu Konstantinopel wären, so schien er außerordentlich bestürzt, indem er sich ganz wo anders zu befinden geglaubt hatte. »Die Ursache meines langen Fluges«, fügte er endlich hinzu, »war , daß mir ein Faden zerriß, der an einer Klappe in dem Luftballe saß und dazu diente, die inflammable Luft herauszulassen. Wäre nun nicht auf den Ball gefeuert und derselbe dadurch aufgerissen worden, so möchte er wohl wie Mohammed bis an den jüngsten Tag zwischen Himmel und Erde geschwebt haben.« Den Wagen schenkte er hierauf großmütig meinem Bootsmanne, der hinten am Steuer stand. Den Hammelbraten warf er ins Meer. Was aber den Luftball anlangte, so war der von dem Schaden, welchen ich ihm zugefügt hatte, im Herabfallen vollends ganz und gar in Stücken zerrissen.

... wenn nicht die Stärke meines eigenen Armes ...

Da wir noch Zeit haben, meine Herren, eine frische Flasche auszutrinken, so will ich Ihnen noch eine andere sehr seltsame Begebenheit erzählen, die mir wenige Monate vor meiner letzten Rückreise nach Europa begegnete. Der Großherr, welchem ich durch die römisch- und russischkaiserlichen wie auch französischen Botschafter vorgestellt worden war, bediente sich meiner, ein Geschäft von großer Wichtigkeit zu Großkairo zu betreiben, welches zugleich so beschaffen war, daß es immer und ewig ein Geheimnis bleiben mußte.

Ich reiste mit großem Pompe in einem sehr zahlreichen Gefolge zu Lande ab. Unterwegs hatte ich Gelegenheit, meine Dienerschaft mit einigen sehr brauchbaren Subjekten zu vermehren. Denn als ich kaum einige Meilen weit von Konstantinopel entfernt sein mochte, sah ich einen kleinlichen schmächtigen Menschen mit großer Schnelligkeit querfeldein daherlaufen, und gleichwohl trug das Männchen an jedem Beine ein bleiernes Gewicht, an die fünfzig Pfund schwer. Verwunderungsvoll über diesen Anblick rief ich ihn an und fragte: »Wohin, wohin so schnell, mein Freund? und warum erschwerst du dir deinen Lauf durch eine solche Last?« – »Ich lief«, versetzte der Läufer, »seit einer halben Stunde aus Wien, wo ich bisher bei einer vornehmen Herrschaft in Diensten stand und heute meinen Abschied nahm. Ich gedenke nach Konstantinopel, um daselbst wieder anzukommen. Durch die Gewichte an meinen Beinen habe ich meine Schnelligkeit, die jetzt nicht nötig ist, ein wenig mindern wollen. Denn *moderata durant,* pflegte weiland mein Präzeptor zu sagen.« – Dieser Asahel gefiel mir nicht übel; ich fragte ihn, ob er bei mir in Dienste treten wollte, und er war dazu bereit. Wir zogen hierauf weiter durch manche Stadt, durch manches Land. Nicht fern vom Wege, auf einem schönen Grasrain, lag mäuschenstill ein Kerl, als ob er schliefe. Allein das tat er nicht. Er hielt vielmehr sein Ohr so aufmerksam zur Erde, als hätte er die Einwohner der untersten Hölle behorchen wollen. – »Was horchst du da, mein Freund?« – »Ich horche da zum Zeitvertreibe auf das Gras und höre, wie es wächst.« – »Und kannst du das?« – »O Kleinigkeit!« – »So tritt in meine Dienste, Freund, wer weiß, was es bisweilen nicht zu horchen geben kann.« – Mein Kerl sprang auf und folgte mir. Nicht weit davon auf einem Hügel stand mit angelegtem Gewehr ein Jäger und knallte in die blaue, leere Luft. – – »Glück zu, Glück zu, Herr Weidmann! Doch wonach schießest du? Ich sehe nichts als blaue, leere Luft.« – »O, ich versuche nur dies neue Kuchenreutersche Gewehr. Dort auf der Spitze des Münsters zu Straßburg saß ein Sperling, den schoß ich eben jetzt herab.« Wer meine Passion für das edle Weid- und Schützenwerk kennt, den wird es nicht wundernehmen, daß ich dem vortrefflichen Schützen sogleich um den Hals fiel. Daß ich nichts sparte, auch ihn in meine Dienste zu ziehen, versteht sich von selbst. Wir zogen darauf weiter durch manche Stadt, durch manches Land und kamen endlich vor dem Berge Libanon vorbei. Daselbst vor einem großen Zedernwalde stand ein derber untersetzter Kerl und zog an einem Stricke, der um den ganzen Wald herumgeschlungen war. »Was ziehst du da, mein Freund?« fragte ich den Kerl. – »O, ich soll Bauholz holen und habe meine Axt zu Hause vergessen. Nun muß ich mir so gut helfen, als es angehen will.« Mit diesen Worten zog er in einem Ruck den ganzen Wald, bei einer Quadratmeile groß, wie einen Schilfbusch vor meinen Augen nieder. Was ich tat, das läßt sich raten. Ich hätte den Kerl nicht fahren lassen, und hätte es mir meinen ganzen Ambassadeurgehalt gekostet. Als ich hierauf fürbaß und endlich auf ägyptischen Grund und Boden kam, erhob sich ein so ungeheurer Sturm, daß ich mit allen meinen Wagen, Pferden und Gefolge schier umgerissen und in die Luft davongeführt zu werden fürchtete. Zur linken Seite unseres Weges standen sieben Windmühlen in einer Reihe, deren Flügel so schnell um ihre Achsen schwirrten, als eine Rockenspindel der schnellsten Spinnerin. Nicht weit davon zur Rechten stand ein Kerl von Sir John Falstaffs Korpulenz und hielt sein rechtes Nasenloch mit seinem Zeigefinger zu. Sobald der Kerl unsere Not und uns so kümmerlich in diesem Sturme haspeln sah, drehte er sich halb um, machte Front gegen uns und zog ehrerbietig, wie ein Musketier vor seinem Obersten, den Hut vor mir ab. Auf einmal regte sich kein Lüftchen mehr, und alle sieben Windmühlen standen plötzlich still. Erstaunt über diesen Vorfall, der nicht natürlich zuzugehen schien, schrie ich dem Unhold zu: »Kerl, was ist das? Sitzt dir der Teufel im Leib, oder bist du der Teufel selbst?« – »Um Vergebung, Ihro Exzellenz!« antwortete mir der Mensch, »ich mache da nur meinem Herrn, dem Windmüller, ein wenig Wind; um nun die sieben Windmühlen nicht ganz und gar umzublasen, mußte ich mir wohl das eine Nasenloch zuhalten.« – Ei, ein vortreffliches Subjekt! dachte ich in meinem stillen Sinn. Der Kerl läßt sich gebrauchen, wenn du dereinst zu Hause kommst und dir's an Atem fehlt, alle die Wunderdinge zu erzählen, die dir auf deinen Reisen zu Land und Wasser aufgestoßen sind. Wir wurden daher bald des Handels eins. Der Windmacher ließ seine Mühlen stehen und folgte mir.

Nachgerade war's nun Zeit, in Großkairo anzulangen. Sobald ich daselbst meinen Auftrag nach Wunsch ausgerichtet hatte, gefiel es mir, mein ganzes unnützes Gesandtengefolge, außer meinen neu angenommenen nützlicheren Subjekten, zu verabschieden und mit diesen als ein bloßer Privatmann zurückzureisen. Da nun das Wetter gar herrlich und der berufene Nilstrom über alle Beschreibung reizend war, so geriet ich in Versuchung, eine Barke zu mieten und bis Alexandrien zu Wasser zu reisen. Das ging nun ganz vortrefflich bis in den dritten Tag. Sie haben, meine Herren, vermutlich schon mehrmals von den jährlichen Überschwemmungen des Nils gehört. Am dritten Tage, wie gesagt, fing der Nil ganz unbändig an zu schwellen und am folgenden Tage war links und rechts das ganze Land viele Meilen weit und breit überschwemmt. Am fünften Tage nach Sonnenuntergang verwickelte sich meine Barke auf einmal in etwas, das ich für Ranken und Strauchwerk hielt. Sobald es aber am nächsten Morgen heller ward, fand ich mich überall von Mandeln umgeben, welche vollkommen reif und ganz vortrefflich waren. Als wir das Senkblei auswarfen, fand sich, daß wir wenigstens sechzig Fuß hoch über dem Boden schwebten und schlechterdings weder vor- noch rückwärts konnten.

Ungefähr gegen acht oder neun Uhr, soviel ich aus der Höhe der Sonne abnehmen konnte, erhob sich ein plötzlicher Wind, der unsere Barke ganz auf eine Seite umlegte. Hierdurch schöpfte sie Wasser, sank unter, und ich hörte und sah in langer Zeit nichts wieder davon, wie Sie gleich vernehmen werden. Glücklicherweise retteten wir uns insgesamt, nämlich acht Männer und zwei Knaben, indem wir uns an den Bäumen festhielten, deren Zweige zwar für uns, allein nicht für die Last unserer Barke hinreichten. In dieser Situation verblieben wir drei Wochen und drei Tage, und lebten ganz allein von Mandeln. Daß es am Trunke nicht fehlte, versteht sich von selbst. Am zweiundzwanzigsten Tage unseres Unsterns fiel das Wasser wieder ebenso schnell, als es gestiegen war; und am sechsundzwanzigsten konnten wir wieder auf Terrafirma fußen. Unsere Barke war der erste angenehme Gegenstand, den wir erblickten. Sie lag ungefähr zweihundert Klafter weit von dem Orte, wo sie gesunken war. Nachdem wir nun alles, was uns nötig und nützlich war, an der Sonne getrocknet hatten, so versahen wir uns mit den Notwendigkeiten aus unserem Schiffsvorrat und machten uns auf, unsere verlorene Straße wieder zu gewinnen. Nach der genauesten Berechnung fand sich, daß wir an die hundertundfünfzig Meilen weit über Gartenwände und mancherlei Gehege hinweggetrieben waren. In sieben Tagen erreichten wir den Fluß, der nun wieder in seinem Bette strömte, und erzählten unser Abenteuer einem Bey. Liebreich half dieser allen unseren Bedürfnissen ab und sendete uns in einer von seinen eigenen Barken weiter. In ungefähr sechs Tagen langten wir zu Alexandrien an, allwo wir uns nach Konstantinopel einschifften. Ich wurde von dem Großherrn überaus gnädig empfangen und hatte die Ehre, seinen Harem zu sehen, wo Seine Hoheit selbst mich hineinzuführen und mir so viele Damen, selbst die Weiber nicht ausgenommen, anzubieten geruheten, als ich nur immer zu meinem Vergnügen auserlesen wollte.

Mit meinen Liebesabenteuern pflege ich nie großzutun, daher wünsche ich Ihnen, meine Herren, jetzt insgesamt eine angenehme Ruhe.

Ich mußte nämlich des Sultans Bienen alle Morgen auf die Weide treiben …

Nach Endigung der ägyptischen Reisegeschichte wollte der Baron aufbrechen und zu Bette gehen, gerade als die erschlaffende Aufmerksamkeit jedes Zuhörers bei Erwähnung des großherrlichen Harems in neue Spannung geriet. Sie hätten gar zu gern noch etwas von dem Harem gehört. Da aber der Baron sich durchaus nicht darauf einlassen und gleichwohl der mit Bitten auf ihn losstürmenden munteren Zuhörerschaft nicht alles abschlagen wollte, so gab er noch einige Stückchen seiner merkwürdigen Dienerschaft zum besten und fuhr in seiner Erzählung also fort.

Bei dem Großsultan galt ich seit meiner ägyptischen Reise alles in allem. Seine Hoheit konnten gar ohne mich nicht leben, und baten mich jeden Mittag und Abend bei sich zum Essen. Ich muß bekennen, meine Herren, daß der türkische Kaiser unter allen Potentaten auf Erden den delikatesten Tisch führt. Jedoch ist dies nur von den Speisen, nicht aber von dem Getränke zu verstehen, da, wie Sie wissen werden, Mohammeds Gesetz seinen Anhängern den Wein verbietet. Auf ein gutes Glas Wein muß man also an öffentlichen türkischen Tafeln Verzicht tun. Was indessen gleich nicht öffentlich geschieht, das geschieht doch nicht selten heimlich; und des Verbots ungeachtet weiß mancher Türke so gut als der beste deutsche Prälat, wie ein gutes Glas Wein schmeckt. Das war nun auch der Fall mit Seiner türkischen Hoheit. Bei der öffentlichen Tafel, an welcher gewöhnlich der türkische Generalsuperintendent, nämlich der Mufti, *in partem salarii* mitspeisete und vor Tische das *Aller Augen* – nach Tische aber das *Gratias* beten mußte, wurde des Weines auch nicht mit einer einzigen Silbe gedacht. Nach aufgehobener Tafel aber wartete auf Seine Hoheit gemeiniglich ein gutes Fläschchen im Kabinette. Einst gab der Großsultan mir einen verstohlenen freundschaftlichen Wink, ihm in sein Kabinett zu folgen. Als wir uns nun daselbst eingeschlossen hatten, holte er aus einem Schränkchen eine Flasche hervor, und sprach: »Münchhausen, ich weiß, ihr Christen versteht euch auf ein gutes Glas Wein. Da habe ich noch ein einziges Fläschchen Tokayer. So delikat müßt Ihr ihn in Eurem Leben nicht getrunken haben.« Hierauf schenkten Seine Hoheit sowohl mir als sich eins ein und stießen mit mir an. – »Nun, was sagt Ihr? Gelt! es ist was Extrafeines?« – »Das Weinchen ist gut, Ihro Hoheit«, erwiderte ich; »allein mit Ihrem Wohlnehmen muß ich doch sagen, daß ich ihn in Wien beim hochseligen Kaiser Karl dem Sechsten weit besser getrunken habe. Potz Stern! den sollten Ihro Hoheit einmal versuchen.« – »Freund Münchhausen, Euer Wort in Ehren, allein es ist unmöglich, daß irgend ein Tokayer besser sei. Denn ich bekam einst nur dies eine Fläschchen von einem ungarischen Kavalier, und er tat ganz verzweifelt rar damit.» – »Possen, Ihro Hoheit! Tokayer und Tokayer ist ein großmächtiger Unterschied. Die Herren Ungarn überschenken sich eben nicht. Was gilt die Wette, so schaffe ich Ihnen in Zeit einer Stunde gerades Weges und unmittelbar aus dem kaiserlichen Keller eine Flasche Tokayer, die aus ganz anderen Augen sehen soll.« – »Münchhausen, ich glaube, Ihr faselt.« – »Ich fasele nicht. Gerades Weges aus dem kaiserlichen Keller in Wien schaffe ich Ihnen in Zeit von einer Stunde eine Flasche Tokayer von einer ganz anderen Nummer als dieser Krätzer hier.« – »Münchhausen, Münchhausen! Ihr wollt mich zum besten haben, und das verbitte ich mir. Ich kenne Euch zwar sonst als einen überaus wahrhaften Mann, allein – jetzt sollte ich doch fast denken, Ihr flunkertet.« – »Ei nun, Ihro Hoheit! Es kommt ja auf die Probe an. Erfülle ich nicht mein Wort – denn von allen Aufschneidereien bin ich der abgesagteste Feind, – so lassen Ihro Hoheit mir den Kopf abschlagen. Allein mein Kopf ist kein Pappenstiel. Was setzen Sie mir dagegen?« – »Topp! Ich halte Euch beim Worte. Ist auf den Schlag vier nicht die Flasche Tokayer hier, so kostet's Euch ohne Barmherzigkeit den Kopf. Denn foppen lasse ich mich auch von meinen besten Freunden nicht. Besteht Ihr aber, wie Ihr versprecht, so könnet Ihr aus meiner Schatzkammer so viel an Gold, Silber, Perlen und Edelgesteinen nehmen, als der stärkste Kerl davon zu schleppen vermag.« – »Das läßt sich hören!« antwortete ich, bat mir gleich Feder und Tinte aus, und schrieb an die Kaiserin-Königin Maria Theresia folgendes Billett:

»Ihre Majestät haben unstreitig als Universalerbin auch Ihres höchstseligen Herrn Vaters Keller mitgeerbt. Dürfte ich mir wohl durch Vorzeigern dieses eine Flasche von dem Tokayer ausbitten, wie ich ihn bei Ihrem Herrn Vater oft getrunken habe? Allein von dem besten! Denn es gilt eine Wette. Ich diene gern dafür wieder, wo ich kann, und beharre übrigens u.s.w.«

Dies Billett gab ich, weil es schon fünf Minuten über drei Uhr war, nur sogleich offen meinem Läufer, der seine Gewichte abschnallen und sich unverzüglich auf die Beine nach Wien machen mußte. Hierauf tranken wir, der Großsultan und ich, den Rest von seiner Flasche, in Erwartung des besseren, vollends aus. Es schlug ein Viertel, es schlug Halb, es schlug drei Viertel auf Vier, und noch war kein Läufer zu hören und zu sehen. Nachgerade, gestehe ich, fing mir an ein wenig schwül zu werden; denn es kam mir vor, als blickten Seine Hoheit schon bisweilen nach der Glockenschnur, um nach dem Scharfrichter zu klingeln. Noch erhielt ich zwar Erlaubnis, einen Gang hinaus in den Garten zu tun, um frische Luft zu schöpfen, allein es folgten mir auch schon ein paar dienstbare Geister nach, die mich nicht aus den Augen ließen. In dieser Angst, und als der Zeiger schon auf fünfundfünfzig Minuten stand, schickte ich noch geschwind nach meinem Horcher und Schützen. Sie kamen unverzüglich an, und der Horcher mußte sich platt auf die Erde niederlegen, um zu hören, ob nicht mein Läufer endlich ankäme. Zu meinem nicht geringen Schrecken meldete er mir, daß der Schlingel irgendwo, allein weit weg von hier, im tiefsten Schlafe läge und aus Leibeskräften schnarchte. Dies hatte mein braver Schütze nicht so bald gehört, als er auf eine etwas hohe Terrasse lief, und, nachdem er sich auf seinen Zehen noch mehr emporgereckt hatte, hastig ausrief: »Bei meiner armen Seele! Da liegt der Faulenzer unter einer Eiche bei Belgrad und die Flasche neben ihm. Wart! Ich will dich aufkitzeln.« – Und hiermit legte er unverzüglich seine Kuchenreutersche Flinte an den Kopf und schoß die volle Ladung oben in den Wipfel des Baumes. Ein Hagel von Eicheln, Zweigen und Blättern

... und ließ mich daran herunter ...

fiel herab auf den Schläfer, erweckte und brachte ihn, da er selbst fürchtete, die Zeit beinahe verschlafen zu haben, dermaßen geschwind auf die Beine, daß er mit seiner Flasche und einem eigenhändigen Billett von Maria Theresia um 59½ Minuten auf vier Uhr vor des Sultans Kabinette anlangte. Das war ein Gaudium! Ei, wie schlürfte das großherrliche Leckermaul! – »Münchhausen«, sprach er, »Ihr müßt es mir nicht übelnehmen, wenn ich diese Flasche für mich allein behalte. Ihr steht in Wien besser als ich! Ihr werdet schon an noch mehr zu kommen wissen.« – Hiermit schloß er die Flasche in sein Schränkchen, steckte den Schlüssel in die Hosentasche und klingelte nach dem Schatzmeister. – O welch ein angenehmer Silberton meinen Ohren! – »Ich muß Euch nun die Wette bezahlen. – Hier!« sprach er zum Schatzmeister, der ins Zimmer trat – »laßt meinem Freund Münchhausen so viel aus der Schatzkammer verabfolgen, als der stärkste Kerl wegzutragen vermag.« Der Schatzmeister neigte sich vor seinem Herrn bis mit der Nase zur Erde, mir aber schüttelte der Großsultan ganz treuherzig die Hand, und so ließ er uns beide gehen.

Ich säumte nun, wie Sie denken können, meine Herren, keinen Augenblick, die erhaltene Assignation geltend zu machen, ließ meinen Starken mit seinem langen hänfenen Stricke kommen, und verfügte mich in die Schatzkammer. Was da mein Starker, nachdem er sein Bündel geschnürt hatte, übrig ließ, das werden Sie wohl schwerlich holen wollen. Ich eilte mit meiner Beute geradeswegs nach dem Hafen, nahm dort das größte Lastschiff, das zu bekommen war, in Beschlag und ging wohlbepackt mit meiner ganzen Dienerschaft unter Segel, um meinen Fang in Sicherheit zu bringen, ehe was Widriges dazwischen kam. Was ich befürchtet hatte, das geschah. Der Schatzmeister hatte Tür und Tor von der Schatzkammer offen gelassen – und freilich war's nicht groß mehr nötig, sie zu verschließen – war über Hals und Kopf zum Großsultan gelaufen und hatte ihm Bericht abgestattet, wie vollkommen wohl ich seine Assignation genutzt hatte. Das war denn nun dem Großsultan nicht wenig vor den Kopf gefahren. Die Reue über seine Übereilung konnte nicht lange ausbleiben. Er hatte daher gleich dem Großadmiral befohlen, mit der ganzen Flotte hinter mir her zu eilen und mir zu insinuieren, daß wir so nicht gewettet hätten. Als ich daher noch nicht zwei Meilen weit in See war, so sah ich schon die ganze türkische Kriegsflotte mit vollen Segeln hinter mir herkommen, und ich muß gestehen, daß mein Kopf, der kaum wieder fest geworden war, nicht wenig von neuem anfing zu wackeln. Allein nun war mein Windmacher bei der Hand und sprach: »Lassen sich Ihro Exzellenz nicht bange sein!« Er trat hierauf auf das Hinterverdeck meines Schiffes, so daß sein eines Nasenloch nach der türkischen Flotte, das andere aber auf unsere Segel gerichtet war, und blies eine so hinlängliche Portion Wind, daß die Flotte, an Masten, Segel und Tauwerk gar übel zugerichtet, nicht nur bis in den Hafen zurückgetrieben, sondern auch mein Schiff in wenigen Stunden glücklich nach Italien getrieben ward. Von meinem Schatze kam mir jedoch wenig zu gute. Denn in Italien ist, trotz der Ehrenrettung des Herrn Bibliothekar Jagemann in Weimar, Armut und Bettelei so groß, und die Polizei so schlecht, daß ich erstlich, weil ich vielleicht eine allzu gutwillige Seele bin, den größten Teil an die Straßenbettler ausspenden mußte. Der Rest aber wurde mir auf meiner Reise nach Rom, auf der geheiligten Flur von Loretto, durch eine

Bande Straßenräuber abgenommen. Das Gewissen wird diese Herren nicht sehr darüber beunruhigt haben. Denn ihr Fang war noch immer so ansehnlich, daß um den tausendsten Teil die ganze honette Gesellschaft sowohl für sich als ihre Erben und Erbnehmer auf alle vergangene und zukünftige Sünden vollkommenen Ablaß, selbst aus der ersten und besten Hand in Rom, dafür erkaufen konnte. –

Nun aber, meine Herren, ist in der Tat mein Schlafstündchen da. Schlafen Sie wohl!

Nach Endigung des vorigen Abenteuers ließ sich der Baron nicht länger halten, sondern brach wirklich auf und verließ die Gesellschaft in der besten Laune. Doch versprach er erst, die Abenteuer seines Vaters, auf die seine Zuhörer noch immer spannten, ihnen nebst manchen anderen merkwürdigen Anekdoten bei der ersten besten Gelegenheit zu erzählen. Als sich nun jedermann nach seiner Weise über die Unterhaltung herausließ, die er soeben verschafft hatte, so bemerkte einer von der Gesellschaft, ein Partisan des Barons, der ihn auf seiner Reise in die Türkei begleitet hatte, daß unweit Konstantinopel ein ungeheuer großes Geschütz befindlich sei, dessen der Baron *Tott* in seinen kürzlich herausgekommenen Denkwürdigkeiten ganz besonders erwähnt. Was er davon meldet, ist, soviel ich mich erinnere, folgendes: »Die Türken hatten unweit der Stadt über der Zitadelle auf dem Ufer des berühmten Flusses Simois ein ungeheures Geschütz aufgepflanzt. Dasselbe war ganz aus Kupfer gegossen und schoß eine Marmorkugel von wenigstens *elfhundert Pfund* an Gewicht. Ich hatte große Lust, sagt *Tott,* es abzufeuern, um erst aus seiner Wirkung gehörig zu urteilen. Alles Volk um mich her zitterte und bebte, weil es sich versichert hielt, daß Schloß und Stadt davon übern Haufen stürzen würden. Endlich ließ doch die Furcht ein wenig nach, und ich bekam Erlaubnis, das Geschütz abzufeuern. Es wurden nicht weniger als *dreihundert und dreißig Pfund* Pulver dazu erfordert, und die Kugel wog, wie ich vorhin sagte, *elfhundert Pfund.* Als der Kanonier mit dem Zünder ankam, zog sich der Haufen, der mich umgab, so weit zurück, als er konnte. Mit genauer Not überredete ich den Bassa, der aus Besorgnis herzukam, daß keine Gefahr zu besorgen sei. Selbst dem Kanonier, der es nach meiner Anweisung abfeuern sollte, klopfte vor Angst das Herz. Ich nahm meinen Platz in einer Mauerschanze hinter dem Geschütz, gab das Zeichen und fühlte einen Stoß, wie von einem Erdbeben. In einer Entfernung von dreihundert Klaftern zersprang die Kugel in drei Stücke; diese flogen über die Meerenge, prallten von dem Wasser empor an die gegenseitigen Berge und setzten den ganzen Kanal, so breit er war, in einen Schaum.«

Dies, meine Herren, ist, soviel ich mich erinnere, Baron Totts Nachricht von der größten Kanone in der bekannten Welt. Als nun der Herr von Münchhausen und ich jene Gegend besuchten, wurde die Abfeuerung dieses ungeheuren Geschützes durch den Baron Tott uns als ein Beispiel der außerordentlichen Herzhaftigkeit dieses Herrn erzählt.

Mein Gönner, der es durchaus nicht vertragen konnte, daß ein Franzose ihm etwas zuvorgetan haben sollte, nahm ebendieses Geschütz auf seine Schulter, sprang, als er's in seine eigentliche waagrechte Lage gebracht hatte, geradesweges ins Meer und schwamm damit an die gegenseitige Küste. Von dort aus versuchte er unglücklicherweise die Kanone auf ihre vorige Stelle zurückzuwerfen. Ich sage, unglücklicherweise! denn sie glitt ihm ein wenig zu früh aus der Hand, gerade als er zum Wurf ausholte. Hierdurch geschah es denn, daß sie mitten in den Kanal fiel, wo sie nun noch liegt und wahrscheinlich bis an den jüngsten Tag liegen bleiben wird.

Dies, meine Herren, war es eigentlich, womit es der Herr Baron bei dem Großsultan ganz und gar verdarb. Die Schatzhistorie, der er vorhin seine Ungnade beimaß, war längst vergessen. Denn der Großsultan hat ja genug einzunehmen und konnte seine Schatzkammer bald wieder füllen. Auch befand der Herr Baron, auf eine eigenhändige Wiedereinladung des Großsultans, sich erst jetzt zum letzten Male in der Türkei; und wäre vielleicht wohl noch da, wenn der Verlust dieses berüchtigten Geschützes den grausamen Türken nicht so aufgebracht hätte, daß er nun unwiderruflich den Befehl gab, dem Baron den Kopf abzuschlagen. Eine gewisse Sultanin aber, von welcher er ein großer Liebling geworden war, gab ihm nicht nur unverzüglich von diesem blutgierigen Vorhaben Nachricht, sondern verbarg ihn auch so lange in ihrem eigenen Gemache, als der Offizier, dem die Exekution aufgetragen war, mit seinen Helfershelfern nach ihm suchte. In der nächstfolgenden Nacht flüchteten wir an den Bord eines nach Venedig bestimmten Schiffes, welches gerade im Begriffe war unter Segel zu gehen, und kamen glücklich davon.

Dieser Begebenheit erwähnt der Baron nicht gern, weil ihm da sein Versuch mißlang, und er noch dazu um ein Haar sein Leben obendrein verloren hätte. Da sie gleichwohl ganz und gar nicht zu seiner Schande gereicht, so pflege ich sie wohl bisweilen hinter seinem Rücken zu erzählen.

Nun, meine Herren, kennen Sie insgesamt den Herrn Baron von Münchhausen, und werden hoffentlich an seiner Wahrhaftigkeit im mindesten nicht zweifeln. Damit Ihnen aber auch kein Zweifel gegen die meinige zu Kopf steige, ein Umstand, den ich so schlechtweg eben nicht voraussetzen mag, so muß ich Ihnen doch ein wenig sagen, wer ich bin.

Mein Vater, oder wenigstens derjenige, welcher dafür gehalten wurde, war von Geburt ein Schweizer, aus Bern. Er führte daselbst eine Art von Oberaufsicht über Straßen, Alleen, Gassen und Brücken. Diese Beamten heißen dort zu Lande – hm! – Gassenkehrer. Meine Mutter war aus den savoyischen Gebirgen gebürtig und trug einen überaus schönen, großen Kropf am Halse, der bei den Damen jener Gegend etwas sehr Gewöhnliches ist. Sie verließ ihre Eltern sehr jung und ging ihrem Glücke in ebender Stadt nach, wo mein Vater das Licht der Welt erblickt hatte. Solange sie noch ledig war, gewann sie ihren Unterhalt durch allerlei Liebeswerke an unserem Geschlechte. Denn man weiß, daß sie es niemals abschlug, wenn man sie um eine Gefälligkeit ansprach, und besonders ihr mit gehöriger Höflichkeit in der Hand zuvorkam. Dieses liebenswürdige Paar begegnete einander von ungefähr auf der Straße, und da sie beiderseits ein wenig berauscht waren, so taumelten sie gegeneinander und taumelten sich alle beide über den Haufen. Wie sich nun bei dieser Gelegenheit ein Teil immer noch unnützer machte als der andere und das Ding zu laut wurde, so wurden sie alle beide erst in die Scharwache, hernach aber in das Zuchthaus geschleppt. Hier

... und blies aus Leibeskräften in das Horn ...

sahen sie bald die Torheit ihrer Zänkerei ein, machten alles wieder gut, verliebten sich und heirateten einander. Da aber meine Mutter zu ihren alten Streichen zurückkehrte, so trennte mein Vater, der gar hohe Begriffe von Ehre hatte, sich ziemlich bald von ihr, und wies ihr die Revenuen von einem Tragkorbe zu ihrem künftigen Unterhalte an. Sie vereinigte sich hierauf mit einer Gesellschaft, die mit einem Puppenspiel umherzog. Mit der Zeit führte sie das Schicksal nach Rom, wo sie eine Austernbude hielt.

Sie haben unstreitig insgesamt von dem Papst Ganganelli oder Clemens XIV., und wie gern dieser Herr Austern aß, gehört. Eines Freitags, als derselbe in großem Pompe nach der St. Peterskirche zur hohen Messe durch die Stadt zog, sah er meiner Mutter Austern (welche, wie sie mir oft erzählt hat, ausnehmend schön und frisch waren) und konnte unmöglich vorüberziehen, ohne sie zu versuchen. Nun waren zwar mehr als fünftausend Personen in seinem Gefolge; nichtsdestoweniger aber ließ er sogleich alles still halten und in der Kirche sagen, er könnte vor morgen das Hochamt nicht halten. Sodann sprang er vom Pferde – denn die Päpste reiten allemal bei solchen Gelegenheiten –, ging in meiner Mutter Laden, aß erst alles auf, was von Austern daselbst vorhanden war, und stieg hernach mit ihr in den Keller hinab, wo sie noch mehr hatte. Dieses unterirdische Gemach war meiner Mutter Küche, Visitenstube und Schlafkammer zugleich. Hier gefiel es ihm so wohl, daß er alle seine Begleiter fortschickte. Kurz, Seine Heiligkeit brachten die ganze Nacht dort mit meiner Mutter zu. Ehe Dieselben am anderen Morgen wieder fortgingen, erteilten Sie ihr vollkommenen Ablaß nicht allein für jede Sünde, die sie schon auf sich hatte, sondern auch für alle diejenigen, womit sie sich etwa künftig zu befassen Lust haben möchte.

Nun, meine Herren, habe ich darauf das Ehrenwort meiner Mutter, – und wer könnte wohl eine solche Ehre bezweifeln? – daß ich die Frucht jener Austernnacht bin.

Fortgesetzte Erzählung des Freiherrn

Der Baron wurde, wie man sich leicht vorstellen kann, bei jeder Gelegenheit gebeten, seinem Versprechen gemäß, in der Erzählung seiner ebenso lehrreichen als unterhaltenden Abenteuer fortzufahren; allein geraume Zeit waren alle Bitten vergebens. Er hatte die sehr löbliche Gewohnheit, nichts gegen seine Laune zu tun, und die noch löblichere, durch nichts von diesem Grundsatze sich abbringen zu lassen. Endlich aber erschien der lange gewünschte Abend, an dem ein heiteres Lächeln, mit dem er die Aufforderungen seiner Freunde anhörte, die sichere Vorbedeutung gab, daß sein Genius ihm gegenwärtig sei und ihre Hoffnungen erfüllen werde.

Conticuere omnes, intentique ora tenebant

und Münchhausen begann vom hochbepolsterten Sofa:

Während der letzten Belagerung von Gibraltar segelte ich mit einer Proviantflotte unter Lord *Rodneys* Kommando nach dieser Festung, um meinen alten Freund, den General *Elliot,* zu besuchen, der durch die ausgezeichnete Verteidigung dieses Platzes sich Lorbeeren erworben hat, die nie verwelken können. Sobald die erste Hitze der Freude, die immer mit dem Wiedersehen alter Freunde verbunden ist, sich etwas abgekühlt hatte, ging ich in Begleitung des Generals in der Festung umher, um den Zustand der Besatzung und die Anstalten des Feindes kennen zu lernen. Ich hatte aus London ein sehr vortreffliches Spiegelteleskop, das ich von Dollond gekauft hatte, mitgebracht. Durch Hilfe desselben fand ich, daß der Feind gerade im Begriff war, einen Sechsunddreißigpfünder auf den Fleck abzufeuern, auf dem wir standen. Ich sagte dies dem Generale; er sah auch durch das Perspektiv und fand meine Mutmaßung richtig. – Auf seine Erlaubnis ließ ich sogleich einen Achtundvierzigpfünder von der nächsten Batterie bringen und richtete ihn – denn was Artillerie betrifft, habe ich, ohne mich zu rühmen, meinen Meister noch nicht gefunden – so genau, daß ich meines Zieles vollkommen gewiß war.

Nun beobachtete ich die Feinde auf das schärfste, bis ich sah, daß sie die Zündrute an das Zündloch ihres Stückes legten, und in demselben Augenblicke gab ich das Zeichen, daß unsere Kanone gleichfalls abgefeuert werden sollte. Ungefähr auf der Mitte des Weges schlugen die beiden Kugeln mit fürchterlicher Stärke gegeneinander, und die Wirkung davon war erstaunend. Die feindliche Kugel prallte mit solcher Heftigkeit zurück, daß sie nicht nur dem Manne, der sie abgeschossen hatte, rein den Kopf wegnahm, sondern auch noch sechzehn andere Köpfe vom Rumpfe schnellte, die ihr auf ihrem Fluge nach der afrikanischen Küste im Wege standen. Ehe sie aber nach der Barbarei kam, fuhr sie durch die Hauptmaste von drei Schiffen, die eben in einer Linie hintereinander im Hafen lagen; und dann flog sie noch gegen zweihundert englische Meilen in das Land hinein, schlug zuletzt durch das Dach einer Bauernhütte, brachte ein altes Mütterchen, die mit offenem Munde auf dem Rücken lag und schlief, um die wenigen Zähne, die ihr noch übrig waren, und blieb endlich in der Kehle des

… und sprang damit über Ufer und Hecke …

armen Weibes stecken. Ihr Mann, der bald darauf nach Hause kam, versuchte die Kugel herauszuziehen; da er dies aber unmöglich fand, so entschloß er sich kurz und stieß sie ihr mit einem Rammer in den Magen hinunter, aus dem sie dann auf dem natürlichen Wege unterwärts abging. – Unsere Kugel tat vortreffliche Dienste; sie trieb nicht nur die andere auf die eben beschriebene Weise zurück, sondern setzte auch, meiner Absicht gemäß, ihren Weg fort, hob dieselbe Kanone, die gerade gegen uns gebraucht worden war, von der Lafette und warf sie mit solcher Heftigkeit in den Kielraum eines Schiffes, daß sie sogleich den Boden desselben durchschlug. Das Schiff schöpfte Wasser und sank mit tausend spanischen Matrosen und einer beträchtlichen Anzahl Soldaten, die sich auf demselben befanden, unter. – Dies war gewiß eine höchst außerordentliche Tat. Ich verlange indes keineswegs sie ganz auf die Rechnung meines Verdienstes zu setzen. Meiner Klugheit kommt freilich die Ehre der ersten Erfindung zu, aber der Zufall unterstützte sie einigermaßen. Ich fand nämlich nachher, daß unser Achtundvierzigpfünder durch ein Versehen auf eine doppelte Portion Pulver gesetzt war, wodurch allein seine unerwartete Wirkung, vorzüglich in Absicht der zurückgeworfenen feindlichen Kugel, begreiflich wird.

General Elliot bot mir für diesen ausnehmenden Dienst eine Offizierstelle an; ich lehnte aber alles ab und begnügte mich mit seinem Danke, den er mir denselben Abend an der Tafel in Gegenwart aller Offiziere auf die ehrenvollste Weise abstattete.

Da ich sehr für die Engländer eingenommen bin, weil sie unstreitig ein vorzüglich braves Volk sind, so machte ich mir es zum Gesetze, die Festung nicht zu verlassen, bis ich ihnen noch einen Dienst würde geleistet haben; und in ungefähr drei Wochen bot sich mir eine gute Gelegenheit dazu dar. Ich kleidete mich wie ein katholischer Priester, schlich um ein Uhr des Morgens mich aus der Festung weg und kam glücklich durch die Linien der Feinde mitten in ihrem Lager an. Dort ging ich in das Zelt, in welchem der Graf von Artois mit dem ersten Befehlshaber und verschiedenen anderen Offizieren einen Plan entwarfen, die Festung den nächsten Morgen zu stürmen. Meine Verkleidung war mein Schutz. Niemand wies mich zurück, und ich konnte ungestört alles anhören, was vorging. Endlich begaben sie sich zu Bette, und nun fand ich das ganze Lager, selbst die Schildwachen, in dem tiefsten Schlafe begraben. Sogleich fing ich meine Arbeit an, hob alle ihre Kanonen, über dreihundert Stück, von den Achtundvierzigpfündern bis zu den Vierundzwanzigpfündern herunter von den Lafetten und warf sie drei Meilen weit in den See hinaus. Da ich ganz und gar keine Hilfe hatte, so war dies das schwerste Stück Arbeit, das ich je unternommen hatte, eines etwa ausgenommen, das, wie ich hörte, Ihnen neulich in meiner Abwesenheit einer meiner Bekannten zu erzählen für gut fand, da ich nämlich mit dem ungeheuren von dem Baron von Tott beschriebenen türkischen Geschütze an das gegenseitige Ufer des Meeres schwamm. – Sobald ich damit fertig war, schleppte ich alle Lafetten und Karren in die Mitte des Lagers, und damit das Rasseln der Räder kein Geräusch machen möchte, so trug ich sie paarweise unter den Armen zusammen. – Ein herrlicher Haufe war es, wenigstens so hoch als der Felsen von Gibraltar. – Dann schlug ich mit dem abgebrochenen Stücke eines eisernen Achtundvierzigpfünders an einem Kiesel, der zwanzig Fuß unter der Erde in einer noch von den Arabern gebauten Mauer steckte, Feuer, zündete eine Lunte an, und setzte den ganzen Haufen in Brand. Ich vergaß, Ihnen zu sagen, daß ich erst noch obenauf alle Kriegsvorratswagen geworfen hatte.

Was am brennbarsten war, hatte ich klüglich unten hingelegt, und so war nun in einem Augenblick alles eine lichterlohe Flamme. Um allem Verdachte zu entgehen, war ich einer der ersten, der Lärm machte. Das ganze Lager geriet, wie Sie sich vorstellen können, in das schrecklichste Erstaunen, und der allgemeine Schluß war, daß die Schildwachen bestochen und sieben oder acht Regimenter aus der Festung zu dieser greulichen Zerstörung ihrer Artillerie gebraucht worden wären. Herr *Drinkwater* erwähnt in seiner Geschichte dieser berühmten Belagerung eines großen Verlustes, den die Feinde durch einen im Lager entstandenen Brand erlitten hätten, weiß aber im geringsten nicht die Ursache desselben anzugeben. Und das konnte er auch nicht; denn ich entdeckte die Sache noch keinem Menschen (obgleich ich allein durch die Arbeit dieser Nacht Gibraltar rettete), selbst dem General Elliot nicht. Der Graf von Artois lief nebst allen seinen Leuten im ersten Schrecken davon; und ohne einmal stille zu halten, liefen sie ungefähr vierzehn Tage in einem fort, bis sie Paris erreichten. Auch machte die Angst, die sich ihrer bei diesem fürchterlichen Brande bemächtigt hatte, daß sie drei Monate nicht imstande waren, die geringste Erfrischung zu genießen, sondern chamäleonmäßig bloß von der Luft lebten.

Etwa zwei Monate, nachdem ich den Belagerten diesen Dienst getan hatte, saß ich eines Morgens mit dem General Elliot beim Frühstücke, als auf einmal eine Bombe (denn ich hatte nicht Zeit, ihre Mörser ihren Kanonen nachzuschicken) in das Zimmer flog und auf den Tisch niederfiel. Der General, wie fast jeder getan haben würde, verließ das Zimmer augenblicklich, ich aber nahm die Bombe, ehe sie sprang, und trug sie auf die Spitze des Felsens.

Von hier aus sah ich auf einem Hügel der Seeküste, unweit des feindlichen Lagers, eine ziemliche Menge Leute, konnte aber mit bloßen Augen nicht entdecken, was sie vorhatten. Ich nahm also mein Teleskop zu Hilfe und fand nun, daß zwei von unseren Offizieren, einer ein General und der andere ein Oberster, die noch den vorigen Abend mit mir zugebracht und sich um Mitternacht als Spione in das spanische Lager geschlichen hatten, dem Feinde in die Hände gefallen waren und eben gehängt werden sollten. Die Entfernung war zu groß, als daß ich die Bombe aus freier Hand hätte hinwerfen können. Glücklicherweise fiel mir bei, daß ich die Schleuder in der Tasche hatte, die David weiland so vorteilhaft gegen den Riesen Goliath gebrauchte. Ich legte meine Bombe hinein und schleuderte sie sogleich mitten in den Kreis. Sowie sie niederfiel, sprang sie auch und tötete alle Umstehenden, ausgenommen die beiden englischen Offiziere, die zu ihrem Glücke gerade in die Höhe gezogen waren. Ein Stück der Bombe flog indessen gegen den Fuß des Galgens, der dadurch sogleich umfiel. Unsere beiden Freunde fühlten kaum terra firma, als sie sich nach dem Grunde dieser unerwarteten Katastrophe umsahen, und da sie fanden, daß Wache, Henker und alles den Einfall gekriegt hatte, zuerst zu sterben, so machten sie sich einander von ihren unbehaglichen Stricken los, liefen nach dem Seeufer, sprangen in ein spanisches Boot und nötigten die beiden Leute, die darin waren, sie nach einem unserer Schiffe zu rudern. Wenige Minuten nachher, da ich gerade dem General Elliot die Sache erzählte, kamen sie glücklich an, und nach gegenseitigen Erklärungen und Glückwünschen feierten wir diesen merkwürdigen Tag auf die froheste Art von der Welt.

Sie wünschen alle, meine Herren, ich sehe es Ihnen an den Augen an, zu hören, wie ich an einen so großen Schatz, als die gedachte Schleuder war, gekommen sei. Wohl! die Sache hängt so zusammen. Ich stamme, müssen Sie wissen, von der Frau des Urias ab, mit der David bekanntlich in sehr enger Verbindung lebte. Mit der Zeit aber, – wie dies manchmal der Fall ist, – wurde Seine Majestät merklich kälter gegen die Gräfin, denn dazu wurde sie im ersten Vierteljahre nach ihres Mannes Tode gemacht. Sie zankten sich einmal über einen sehr wichtigen Punkt, nämlich über den Fleck, wo Noahs Arche gebaut wurde und wo sie nach der Sündflut stehen blieb. Mein Stammvater wollte für einen großen Altertumskundigen gelten, und die Gräfin war Präsidentin einer historischen Sozietät. Dabei hatte er die Schwäche mehrerer großen Herren und fast aller kleinen Leute, er konnte keinen Widerspruch ertragen; und sie hatte den Fehler ihres Geschlechts, sie wollte in allen Dingen recht behalten; kurz es erfolgte eine Trennung. Sie hatte ihn oft von jener Schleuder, als einem sehr großen Schatze, sprechen hören, und fand für gut, sie, zum Andenken wahrscheinlich, mitzunehmen. Ehe sie aber noch aus seinen Staaten war, wurde die Schleuder vermißt, und nicht weniger als sechs Mann von der Leibwache des Königs setzten ihr nach. Sie bediente sich indes des mitgenommenen Instruments so gut, daß sie einen ihrer Verfolger, der sich durch seinen Diensteifer vielleicht heben wollte und daher etwas vor den anderen voraus war, gerade auf den Fleck traf, wo Goliath seine tödliche Quetschung gekriegt hatte. Als seine Gefährten ihn tot zur Erde stürzen sahen, hielten sie es nach langer, weiser Überlegung für das beste, diesen neu eingetretenen Umstand fürs erste gehörigen Orts zu melden, und die Gräfin hielt es für das beste, mit untergelegten Pferden ihre Reise nach Ägypten fortzusetzen, wo sie sehr angesehene Freunde am Hofe hatte. – Ich hätte Ihnen vorher schon sagen sollen, daß sie von mehreren Kindern, die Seine Majestät mit ihr zu zeugen geruhet hatten, bei ihrer Entfernung einen Sohn, der ihr Liebling war, mit sich nahm. Da diesem das fruchtbare Ägypten noch einige Geschwister gab, so vermachte sie ihm durch einen besonderen Artikel ihres Testaments die berühmte Schleuder; und von ihm kam sie in meist gerader Linie endlich auf mich.

Einer ihrer Besitzer, mein Ururgroßvater, der vor ungefähr zweihundertundfünfzig Jahren lebte, wurde bei einem Besuche, den er in England machte, mit einem Dichter bekannt, der zwar nichts weniger als Plagiarius, aber ein desto größerer Wilddieb war und Shakespeare hieß. Dieser Dichter, in dessen Schriften jetzt, zur Widervergeltung vielleicht, von Engländern und Deutschen abscheulich gewilddiebt wird, borgte manchmal diese Schleuder und tötete damit so viel von Sir Thomas Lucys Wildbret, daß er mit genauer Not dem Schicksale meiner zwei Freunde zu Gibraltar entging. Der arme Mann wurde ins Gefängnis geworfen, und mein Eltervater bewirkte seine Freiheit auf eine ganz besondere Art.

Die Königin Elisabeth, die damals regierte, wurde, wie Sie wissen, in ihren letzten Jahren ihrer selbst überdrüssig. Ankleiden, Auskleiden, Essen, Trinken und manches andere, was ich nicht zu nennen brauche, machten ihr das Leben zur unerträglichen Last. Mein Eltervater setzte sie in den Stand, alles dies nach ihrer Willkür ohne oder durch einen Stellvertreter zu tun. Und was meinen Sie, was er für dieses ganz unvergleichliche Meisterstück magischer Kunst sich ausbat? – Shakespeares Freiheit. – Weiter konnte ihm die Königin nicht das Geringste aufdringen. Die ehrliche Haut hatte diesen großen Dichter so lieb gewonnen, daß er gern von der Anzahl seiner Tage etwas abgegeben hätte, um das Leben seines Freundes zu verlängern.

Übrigens kann ich Ihnen, meine Herren, versichern, daß die Methode der Königin Elisabeth, gänzlich ohne Nahrung zu leben, so originell sie auch war, bei ihren Untertanen sehr wenig Beifall gefunden hat, am wenigsten bei den beef-eaters, wie man sie gewöhnlich noch heutigestages nennt. Sie überlebte aber auch selbst ihre neue Sitte nicht über achtehalb Jahr.

Mein Vater, von dem ich diese Schleuder kurz vor meiner Reise nach Gibraltar geerbt habe, erzählte mir folgende merkwürdige Anekdote, die auch seine Freunde öfters von ihm gehört haben, und an deren Wahrheit niemand zweifeln wird, der den ehrlichen Alten gekannt hat. »Ich hielt mich«, sagte er, »bei meinen Reisen geraume Zeit in England auf und ging einstens an dem Ufer der See unweit Harwich spazieren. Plötzlich kam ein grimmiges Seepferd in äußerster Wut auf mich los. Ich hatte nichts als die Schleuder bei mir, mit der ich dem Tiere so geschickt zwei Kieselsteine gegen den Kopf warf, daß ich mit jedem ein Auge des Ungeheuers einschlug. Darauf stieg ich auf seinen Rücken und trieb es in die See; denn in demselben Augenblicke, in dem es sein Gesicht verlor, verlor es auch seine Wildheit, und wurde so zahm als möglich. Meine Schleuder legte ich ihm statt des Zaumes in den Mund und ritt es nun mit der größten Leichtigkeit durch den Ozean hin. In weniger als drei Stunden kamen wir beide an dem entgegengesetzten Ufer an, welches doch immer eine Strecke von ungefähr dreißig Seemeilen ist. Zu Helvoetsluys verkaufte ich es für siebenhundert Dukaten an den Wirt zu den drei Kelchen, der es als ein äußerst seltenes Tier sehen ließ und sich schönes Geld damit machte.« – Jetzt findet man eine Abbildung davon in Büffon. – »So sonderbar die Art meiner Reise war«, fuhr mein Vater fort, »so waren doch die Bemerkungen und Entdeckungen, die ich auf derselben machte, noch viel außerordentlicher.

Das Tier, auf dessen Rücken ich saß, schwamm nicht, sondern lief mit unglaublicher Geschwindigkeit auf dem Grunde des Meeres weg, und trieb Millionen von Fischen vor sich her, von denen viele ganz verschieden von den gewöhnlichen waren. Einige hatten den Kopf in der Mitte des Leibes, andere an der Spitze des Schwanzes. Einige saßen in einem großen Zirkel beisammen und sangen unaussprechlich schöne Chöre; andere baueten aus bloßem Wasser die prächtigsten durchsichtigen Gebäude auf, die mit kolossalischen Säulen umgeben waren, in welchen eine Materie, die ich für nichts anderes als für das reinste Feuer halten konnte, in den angenehmsten Farben und in den reizendsten wellenförmigen Bewegungen hin und wieder lief. Verschiedene Zimmer dieser Gebäude waren auf eine sehr sinnreiche und bequeme Art zur Begattung der Fische eingerichtet; in anderen wurde der zarte Laich gepflegt und gewartet; und eine Reihe weitläufiger Säle war zur Erziehung der jungen Fische bestimmt. Das Äußere der Methode, die hier beobachtet wurde, – denn das Innere derselben verstand ich natürlicherweise ebensowenig als den Gesang der Vögel oder die Dialoge der

... während er in der Luft flog, den Schwanz einer Rotgans ergriff ...

Heuschrecken, – hatte so auffallende Ähnlichkeit mit dem, was ich in meinem Alter in den sogenannten Philanthropinen und dergleichen Anstalten eingeführt fand, daß ich ganz gewiß bin, einer ihrer angeblichen Erfinder hat eine der meinigen ähnliche Reise gemacht und seine Ideen mehr aus dem Wasser geholt, als aus der Luft gegriffen. Übrigens sehen Sie aus dem wenigen, was ich Ihnen gesagt habe, daß noch manches ungenützt, noch manche Spekulation übrig ist. – Doch ich fahre in meiner Erzählung fort.

Ich kam unter anderen über eine ungeheure Gebirgskette hin, die wenigstens so hoch war als die Alpen. An der Seite der Felsen war eine Menge großer Bäume von mannigfaltiger Art. Auf diesen wuchsen Hummer, Krebse, Austern, Kammaustern, Muscheln, Seeschnecken u.s.w., von denen bisweilen ein einziges Stück eine Ladung für einen Frachtwagen war, und an der kleinsten hätte ein Lastträger zu schleppen gehabt. – Alles, was von der Art an die Ufer geworfen und auf unseren Märkten verkauft wird, ist elendes Zeug, das das Wasser von den Ästen abschlägt, ungefähr so wie das kleine schlechte Obst, das der Wind von den Bäumen herunterwehet. – Die Hummerbäume schienen am vollsten zu sitzen; die Krebs- und Austerbäume aber waren die größten. Die kleinen Seeschnecken wachsen auf einer Art von Sträuchern, die immer an dem Fuß der Austerbäume stehen und sich fast so wie der Efeu an der Eiche an ihnen hinaufwinden. Auch bemerkte ich eine sehr sonderbare Wirkung eines untergegangenen Schiffes. Dies war, wie mir schien, gegen die Spitze eines Felsens, die nur drei Klafter unter der Oberfläche des Wassers war, gestoßen und beim Sinken umgeschlagen. Dadurch stürzte es auf einen großen Hummerbaum und stieß verschiedene Hummer ab, die auf einen darunter stehenden Krebsbaum fielen. Weil die Sache nun wahrscheinlich im Frühjahr geschah und die Hummer noch ganz jung waren, so vereinigten sie sich mit den Krebsen und brachten eine neue Frucht hervor, die mit beiden Ähnlichkeit hat. Ich versuchte der Seltenheit wegen ein Stück davon mitzunehmen, aber teils war es mir zu beschwerlich, teils wollte mein Pegasus nicht gern stille halten; auch hatte ich schon über die Hälfte meines Weges zurückgelegt und war gerade in einem Tale wenigstens fünfhundert Klafter unter der Meeresfläche, wo ich den Mangel der Luft allmählich etwas unbequem fand. Übrigens war meine Lage auch in anderen Rücksichten nicht die angenehmste. Ich begegnete von Zeit zu Zeit großen Fischen, die, soviel ich aus ihren offenen Rachen abnehmen konnte, eben nicht ungeneigt waren, uns beide zu verschlingen. Nun war meine arme Rosinante blind, und es beruhte einzig auf meiner vorsichtigen Führung, daß ich den menschenfreundlichen Absichten dieser hungrigen Herren entging. Ich galoppierte also weidlich zu und suchte sobald wie möglich wieder trockenes Land zu gewinnen.

Als ich dem holländischen Ufer schon ziemlich nahe war und das Wasser über meinem Kopfe keine zwanzig Klafter mehr hoch sein mochte, so kam es mir vor, als läge eine menschliche Gestalt in weiblicher Kleidung vor mir auf dem Sande. Ich glaubte einige Zeichen des Lebens an ihr zu bemerken, und als ich näher kam, sah ich auch wirklich, daß sie ihre Hand bewegte. Ich faßte diese an und brachte die Person als eine anscheinende Leiche mit mir an das Ufer. Ob man nun gleich damals in der Kunst, Tote zu erwecken, noch nicht so weit gekommen war, daß man, so wie in unseren Tagen, auf jeder Dorfschenke eine Anweisung vorfand, Ertrunkene wieder aus dem Reiche der Schatten zurückzurufen, so gelang es doch den klugen und unermüdlichen Bemühungen eines dortigen Apothekers, den kleinen Funken des Lebens, den er in ihr noch übrig fand, wieder anzufachen. Sie war die teure Hälfte eines Mannes, der ein nach Helvoetsluys gehöriges Schiff kommandierte und kurz vorher aus dem Hafen abgefahren war. Unglücklicherweise hatte er in der Eile eine andere Person anstatt seiner Frau mitgenommen. Dies wurde ihr sogleich von einer der wachsamen Schutzgöttinnen des häuslichen Friedens hinterbracht, und weil sie fest überzeugt war, daß die Rechte des Ehebettes zu Wasser so gültig wären als zu Lande, so fuhr sie ihm wütend von Eifersucht in einem offenen Boote nach und suchte, sobald sie auf das Oberlof seines Schiffes gekommen war, nach einer kurzen unübersetzbaren Anrede ihre Gerechtsame auf eine so triftige Art zu beweisen, daß ihr lieber Getreuer es für ratsam fand, ein paar Schritte zurück zu tun. Die traurige Folge davon war, daß ihre knöcherne Rechte den Eindruck, der den Ohren ihres Mannes zugedacht war, auf die Wellen machte, und da diese noch nachgebender waren als er, so fand sie erst auf dem Grunde der See den Widerstand, den sie suchte. – Hier brachte mich nun mein Unstern mit ihr zusammen, um ein glückliches Paar auf Erden mehr zu machen.

Ich kann mir leicht vorstellen, was für Segenswünsche mir ihr Herr Gemahl nachgeschickt hat, als er bei seiner Rückkunft fand, daß sein zärtliches Weibchen, durch mich gerettet, seiner harre. Indes so schlimm auch immer der Streich sein mag, den ich dem armen Teufel gespielt habe, so war mein Herz doch außer aller Schuld. Der Bewegungsgrund meiner Handlung war reine, klare Menschenliebe, obgleich, wie ich nicht leugnen kann, die Folgen davon für ihn schrecklich sein mußten.«

Und so weit, meine Herren, geht die Erzählung meines Vaters, an die ich durch die berühmte Schleuder erinnert wurde, die leider, nachdem sie sich so lange bei meiner Familie erhalten und ihr viele wichtige Dienste geleistet hatte, in dem Rachen des Seepferdes ihren Rest gekriegt zu haben scheint. Wenigstens habe ich den einzigen Gebrauch davon gemacht, den ich Ihnen erzählt habe, daß ich den Spaniern eine ihrer Bomben uneröffnet wieder zurückschickte und dadurch meine zwei Freunde vom Galgen rettete. Bei dieser edlen Anwendung wurde meine Schleuder, die vorher schon etwas mürbe war, vollends aufgeopfert. Der größte Teil davon flog mit der Bombe weg, und das übrige kleine Stückchen, das mir in der Hand blieb, liegt jetzt in unserem Familienarchiv, wo es nebst mehreren wichtigen Altertümern zum ewigen Andenken aufbewahret wird.

Bald darauf verließ ich Gibraltar wieder und kehrte nach England zurück. Dort begegnete mir einer der sonderbarsten Streiche meines ganzen Lebens.

Ich mußte nach *Wapping* hinuntergehen, um verschiedene Sachen einschiffen zu sehen, die ich einigen meiner Freunde in Hamburg schicken wollte, und als ich damit fertig war, nahm ich meinen Rückweg über den *Tower Wharf*. Es war Mittag; ich war schrecklich müde, und die Sonne wurde mir so lästig, daß ich in eine von den Kanonen hineinkroch, um dort ein bißchen auszuruhen. Kaum war ich darin, so fiel ich auch sogleich in den tiefsten Schlaf. Nun war es gerade der vierte Junius, und um ein Uhr wurden alle Kanonen zum Andenken dieses Tages abgefeuert. Sie waren am Morgen

... als sie lang und breit einen nackenden Menschen heraus-spazieren sahen ...

geladen, und da niemand mich hier vermuten konnte, so wurde ich über die Häuser an der entgegengesetzten Seite des Flusses weg in den Hof eines Pächters zwischen *Bermondsen* und *Deptford* geschossen. Hier fiel ich auf einen großen Heuhaufen nieder und blieb – wie aus der großen Betäubung leicht begreiflich wird – ohne aufzuwachen liegen. Ungefähr nach drei Monaten wurde das Heu so erschrecklich teuer, daß der Pächter einen guten Schnitt zu machen dachte, wenn er jetzt seinen Vorrat losschlüge. Der Haufen, auf dem ich lag, war der größte auf dem Hofe und hielt wenigstens fünfhundert Fuder. Mit ihm wurde also bei dem Aufladen der Anfang gemacht. Durch das Lärmen der Leute, die ihre Leitern angelegt hatten und auf den Haufen hinaufsteigen wollten, wachte ich auf. Noch halb im Schlaf, und ohne zu wissen, wo ich war, wollte ich weglaufen und stürzte herunter auf den Eigentümer des Heues. Ich selbst litt durch diesen Fall nicht den geringsten Schaden, der Pächter aber einen desto größeren; er blieb tot unter mir liegen, denn ich hatte unschuldigerweise ihm das Genick gebrochen. Zu meiner großen Beruhigung hörte ich nachher, daß der Kerl ein abscheulicher Jude war, der immer mit den Früchten seiner Ländereien so lange zurückhielt, bis erst bittere Teuerung einriß, und er mit übermäßigem Profit sie verkaufen konnte; so daß also sein gewaltsamer Tod für ihn gerechte Strafe und für das Publikum wahre Wohltat war.

Wie sehr ich übrigens erstaunte, als ich wieder völlig zu mir selbst kam und nach langem Besinnen meine gegenwärtigen Gedanken an die anknüpfte, mit denen ich vor drei Monaten eingeschlafen war: und wie groß die Verwunderung meiner Freunde in London war, als ich nach vielen vergeblichen Nachforschungen auf einmal wieder erschien – das können Sie, meine Herren, sich leicht vorstellen.

Nun lassen Sie uns erst ein Gläschen trinken, und dann erzähle ich Ihnen noch ein paar meiner See-Abenteuer.

Ohne Zweifel haben Sie von der letzten nördlichen Entdeckungsreise des Kapitäns Phipps – gegenwärtigen Lord *Mulgrave* – gehört. Ich begleitete den Kapitän – nicht als Offizier, sondern als Freund. – Da wir unter einen ziemlich hohen Grad nördlicher Breite gekommen waren nahm ich mein Teleskop, mit dem ich Sie bei der Geschichte meiner Reise nach Gibraltar schon bekannt gemacht habe, und betrachtete die Gegenstände, die ich nun um mich hatte. – Denn, im Vorbeigehen gesagt, ich halte es immer für gut, sich von Zeit zu Zeit einmal umzusehen, vorzüglich auf Reisen. – Ungefähr eine halbe Meile von uns schwamm ein Eisgebirge, das weit höher als unsere Maste war, und auf demselben sah ich zwei weiße Bären, die meiner Meinung nach in einem hitzigen Zweikampfe begriffen waren. Ich hing sogleich mein Gewehr um und machte mich zu dem Eise hin, fand aber, als ich erst auf dem Gipfel desselben angekommen war, einen unaussprechlich mühsamen und gefahrvollen Weg. Oft mußte ich über schreckliche Abgründe springen, und an anderen Stellen war die Oberfläche so glatt wie ein Spiegel, so daß meine Bewegung ein beständiges Fallen und Aufstehen war. Doch endlich kam ich so weit, daß ich die Bären erreichen konnte, und zugleich sah ich auch, daß sie nicht miteinander kämpften, sondern nur spielten. Ich überrechnete schon den Wert ihrer Felle – denn jeder war wenigstens so groß als ein gut gemästeter Ochse! – allein indem ich eben mein Gewehr anlegen wollte, glitschte ich mit dem rechten Fuße aus, fiel rückwärts nieder und verlor durch die Heftigkeit des Schlages, den ich tat, auf eine kleine halbe Stunde alles Bewußtsein. Stellen Sie sich mein Erstaunen vor, als ich erwachte und fand, daß eins von den ebengenannten Ungeheuern mich herum auf mein Gesicht gedreht hatte und gerade den Bund meiner neuen ledernen Hose packte. Der obere Teil meines Leibes steckte unter seinem Bauche, und meine Beine standen voraus. Gott weiß, wohin mich die Bestie geschleppt hätte; aber ich kriegte mein Taschenmesser heraus – dasselbe, was Sie hier sehen –, hackte in seinen linken Hinterfuß und schnitt ihm drei von seinen Zehen ab. Nun ließ er mich sogleich fallen und brüllte fürchterlich. Ich nahm mein Gewehr auf, feuerte auf ihn, sowie er weglief, und plötzlich fiel er nieder. Mein Schuß hatte nun zwar eins von diesen blutdürstigen Tieren auf ewig eingeschläfert, aber mehrere Tausende, die in dem Umkreise von einer halben Meile auf dem Eise lagen und schliefen, aufgeweckt. Alle miteinander kamen spornstreichs angelaufen. Zeit war nicht zu verlieren. Ich aber war verloren, oder ein schneller Einfall mußte mich retten. – Er kam. – Etwa in der Hälfte der Zeit, die ein geübter Jäger braucht, um einem Hasen den Balg abzustreifen, zog ich dem toten Bären seinen Rock aus, wickelte mich hinein und steckte meinen Kopf gerade unter den seinigen. Kaum war ich fertig, so versammelte sich die ganze Herde um mich herum. Mir wurde heiß und kalt unter meinem Pelze. Indes meine List gelang mir vortrefflich. Sie kamen, einer nach dem anderen, berochen mich und hielten mich augenscheinlich für einen Bruder Petz. Es fehlte mir auch nichts als die Größe, um ihnen vollkommen gleich zu sein, und verschiedene Junge unter ihnen waren nicht viel größer als ich. Als sie alle mich und den Leichnam ihres verschiedenen Gefährten berochen hatten, schienen wir sehr gesellig zu werden; auch konnte ich alle ihre Handlungen so ziemlich nachmachen, nur im Brummen, Brüllen und Balgen waren sie meine Meister. So sehr ich aber wie ein Bär aussah, so war ich doch noch Mensch: – ich fing an zu überlegen, wie ich die Vertraulichkeit, die zwischen mir und diesen Tieren sich erzeugt hatte, wohl auf das vorteilhafteste nützen könnte.

Ich hatte ehedem von einem alten Feldscher gehört, daß eine Wunde im Rückgrat augenblicklich tödlich sei. Hierüber beschloß ich nun einen Versuch anzustellen. Ich nahm mein Messer wieder zur Hand und stieß es dem größten Bären nahe bei den Schultern in den Nacken. Allerdings war dies ein sehr gewagter Streich, und es war mir auch nicht wenig bange. Denn das war ausgemacht: überlebte die Bestie den Stoß, so war ich in Stücken zerrissen. Allein mein Versuch gelang glücklich; der Bär fiel tot zu meinen Füßen nieder, ohne einmal zu mucksen. Nun nahm ich mir vor, allen übrigen auf eben die Art den Rest zu geben, und dies wurde mir auch gar nicht schwer; denn, ob sie gleich ihre Brüder zur Rechten und zur Linken fallen sahen, so hatten sie doch kein Arg daraus. Sie dachten weder an die Ursache noch an die Wirkung des Niedersinkens, und das war ein Glück für sie und für mich. – Als ich sie alle tot vor mir liegen sah, kam ich mir vor wie Simson, als er die Tausende geschlagen hatte.

Die Sache kurz zu machen, ich ging nach dem Schiffe zurück, und bat mir drei Teile des Volkes aus, die mir helfen mußten, die Felle abzustreifen und die Schinken an Bord zu tragen. Wir waren in wenig Stunden damit fertig und beluden das ganze Schiff damit. Was übrig blieb, wurde in das Wasser geworfen, ungeachtet ich nicht zweifle, daß es, gehörig eingesalzen, ebensogut schmecken würde als die Keulen.

Sobald wir zurückkamen, schickte ich einige Schinken, im Namen des Kapitäns, an die Lords von der Admiralität, andere an die Lords von der Schatzkammer, etliche an den Lordmayor und den Stadtrat von London, einige wenige an die Handlungsgesellschaften und die übrigen an meine besonderen Freunde. Von allen Orten bezeugte man mir den wärmsten Dank, die City aber erwiderte mein Geschenk auf eine sehr nachdrückliche Art, nämlich durch eine Einladung, jährlich an dem Wahltage des Lordmayor auf dem Rathause zu speisen.

Die Bärenfelle schickte ich an die Kaiserin von Rußland als Winterpelze für Ihre Majestät und ihren Hof. Sie dankte mir dafür in einem eigenhändigen Briefe, den sie mir durch einen außerordentlichen Gesandten überschickte, und worin sie mir anbot, mit ihr die Ehre ihres Bettes und ihre Krone zu teilen. Allein da mich's eben nie sehr nach königlicher Würde gelüstet hat, so lehnte ich Ihrer Majestät Gnade in den feinsten Ausdrücken ab. Ebenderselbe Ambassadeur, der mir das kaiserliche Schreiben brachte, hatte auch den Auftrag, zu warten und Ihrer Majestät meine Antwort persönlich zurückzubringen. Ein zweiter Brief, den ich bald nachher von der Kaiserin erhielt, überzeugte mich von der Stärke ihrer Leidenschaft und der Erhabenheit ihres Geistes. – Ihre letzte Krankheit kam, wie sie – die zärtliche Seele! – sich in einer Unterredung

... als ich erst auf den Gipfel desselben gekommen war ...

mit dem Fürsten *Dolgoroucki* zu erklären geruhte – allein von meiner Grausamkeit her. Ich weiß nicht, was die Damen an mir finden; aber die Kaiserin ist nicht die einzige ihres Geschlechts, die mir vom Throne ihre Hand anbot.

Einige Leute haben die Verleumdung ausgestreuet, Kapitän Phipps sei auf seiner Reise nicht so weit gegangen, als er wohl hätte tun können. Allein hier ist es meine Schuldigkeit, ihn zu verteidigen. Unser Schiff war auf einem recht guten Wege, bis ich es mit einer solchen ungeheuren Menge von Bärenfellen und Schinken belud, daß es Tollheit gewesen sein würde, einen Versuch zu machen, weiter zu gehen; da wir nun kaum imstande waren, nur gegen einen etwas frischen Wind zu segeln, geschweige gegen jene Gebirge von Eis, die in den höheren Breiten liegen.

Der Kapitän hat seitdem oft erklärt, wie unzufrieden er sei, daß er keinen Anteil an dem Ruhme dieses Tages habe, den er sehr emphatisch den *Bärenfelltag* nennt. Dabei beneidet er mich nicht wenig wegen der Ehre dieses Sieges und sucht auf alle Art und Weise dieselbe zu schmälern. Wir haben uns schon öfter hierüber gezankt und sind auch jetzt noch über den Fuß gespannt. Unter anderen behauptet er geradezu, ich dürfe mir das nicht zum Verdienst anrechnen, daß ich die Bären betrogen habe, da ich mit einem ihrer Felle bedeckt gewesen sei; er hätte ohne Maske unter sie gehen wollen, und sie hätten ihn doch für einen Bären halten sollen.

Dies ist nun freilich ein Punkt, den ich für allzu zart und spitz halte, als daß ein Mann, der auf gefällige Sitten Anspruch macht, mir irgend jemand, am allerwenigsten mit einem edlen Pair, darüber streiten darf.

Endlich füllte ein frischer Wind unsere Segel ...

Eine andere Seereise machte ich von England aus mit dem Kapitän Hamilton. Wir gingen nach Ostindien. Ich hatte einen Hühnerhund bei mir, der, wie ich im eigentlichsten Sinne behaupten konnte, nicht mit Gold aufzuwiegen war; denn er betrog mich nie. Eines Tages, da wir nach den besten Beobachtungen, die wir machen konnten, wenigstens noch dreihundert Meilen vom Lande entfernt waren, markierte mein Hund. Ich sah ihn fast eine volle Stunde mit Erstaunen an und sagte den Umstand dem Kapitän und jedem Offizier an Bord und behauptete, wir müßten dem Lande nahe sein, denn mein Hund witterte Wild. Dies verursachte ein allgemeines Gelächter, durch das ich mich aber in der guten Meinung von meinem Hunde gar nicht irre machen ließ.

Nach vielem Streiten für und wider die Sache erklärte ich endlich dem Kapitän mit der größten Festigkeit, daß ich zu der Nase meines *Tray* mehr Zutrauen habe als zu den Augen aller Seeleute am Bord, und schlug ihm daher kühn eine Wette von hundert Guineen vor – der Summe, die ich für diese Reise akkordiert hatte – wir würden in der ersten halben Stunde Wild finden.

Der Kapitän – ein herzensguter Mann – fing wieder an zu lachen und ersuchte Herrn Crawford, unseren Schiffschirurgus, mir den Puls zu fühlen. Er tat es und berichtete, ich wäre vollkommen gesund. Darauf entstand ein Geflüster zwischen beiden, wovon ich indes das meiste deutlich verstand.

»Er ist nicht recht bei Sinnen«, sagte der Kapitän, »ich kann mit Ehre die Wette nicht annehmen.«

»Ich bin ganz der entgegengesetzten Meinung«, erwiderte der Chirurgus. »Es fehlt ihm nicht das mindeste. Nur er verläßt sich mehr auf den Geruch seines Hundes als auf den Verstand jedes Offiziers an Bord. – Verlieren wird er auf alle Fälle, aber er verdient es auch.«

»Solch eine Wette«, fuhr der Kapitän fort, »kann von meiner Seite niemals so ganz redlich sein. Indes, es wird desto rühmlicher für mich sein, wenn ich ihm nachher das Geld wieder zurückgebe.«

Während dieser Unterredung blieb Tray immer in derselben Stellung und bestärkte mich noch mehr in meiner Meinung. Ich schlug die Wette zum zweiten Male vor, und sie wurde angenommen.

Kaum war Topp und Topp auf beiden Seiten gesagt, als einige Matrosen, die in dem langen Boote, das an dem Hinterteile des Schiffes befestigt war, fischten, einen außerordentlich großen Hai erlegten, den sie auch sogleich an Bord brachten. Sie fingen an den Fisch aufzuschneiden, und – siehe – da fanden wir nicht weniger als sechs Paar lebendige Rebhühner in dem Magen dieses Tieres.

Die armen Geschöpfe waren schon so lange in dieser Lage gewesen, daß eine von den Hennen auf fünf Eiern saß, wovon eins gerade ausgebrütet war, als der Hai geöffnet wurde.

Diesen jungen Vogel zogen wir mit einem Wurfe kleiner Katzen auf, die wenige Minuten vorher zur Welt gekommen waren. Die alte Katze hatte ihn so lieb als eines ihrer vierbeinigen Kinder und tat immer erstaunend übel, wenn das Huhn etwas zu weit wegflog und nicht gleich wieder zurückkommen wollte. – Unter den übrigen Rebhühnern hatten wir vier Hennen, von denen immer eine oder mehrere saßen, so daß wir während unserer ganzen Reise beständig einen Überfluß von Wildbret auf des Kapitäns Tafel hatten. – Dem armen Tray ließ ich, zum Danke für die hundert Guineen, die ich durch ihn gewonnen hatte, täglich die Knochen geben und bisweilen auch einen ganzen Vogel.

Ich habe Ihnen, meine Herren, schon ehemals von einer kleinen Reise erzählt, die ich nach dem Monde machte, um meine silberne Axt wieder zu holen. Ich kam nachher noch einmal auf eine viel angenehmere Art dahin, und blieb lange genug daselbst, um von verschiedenen Dingen mich gehörig zu unterrichten, die ich Ihnen nun so genau, als mein Gedächtnis mir erlaubt, beschreiben will. Ein weitläuftiger Verwandter von mir hatte sich die Grille in den Kopf gesetzt, es müßte notwendig ein Volk geben, das dem an Größe gleich käme, welches Gulliver in dem Königreiche Brobdignag gefunden haben will. Dies aufzusuchen, ging er auf eine Entdeckungsreise aus und bat mich, ihn zu begleiten. Ich meines Orts hatte nun zwar jene Erzählung nie für etwas mehr gehalten als für ein gutes Märchen und glaubte so wenig an ein Brobdignag als an ein Eldorado; indes der Mann hatte mich zum Erben eingesetzt, und ich war ihm also wieder Gefälligkeiten schuldig. Wir kamen auch glücklich nach der Südsee, ohne daß uns irgend etwas aufstieß, das verdiente angeführt zu werden, außer einige fliegende Männer und Weiber, die in der Luft Menuett tanzten oder Springerkünste machten, und dergleichen Kleinigkeiten.

Den achtzehnten Tag, nachdem wir bei der Insel Otaheiti vorbeigekommen waren, führte ein Orkan unser Schiff wenigstens tausend Meilen von der Oberfläche des Wassers weg und hielt es eine geraume Zeit in dieser Höhe. Endlich füllte ein frischer Wind unsere Segel, und nun ging's mit unglaublicher Geschwindigkeit fort. Sechs Wochen waren wir über den Wolken gereiset, als wir ein großes Land entdeckten, rund und glänzend, gleichsam eine schimmernde Insel. Wir liefen in einen bequemen Hafen ein, gingen an das Ufer und fanden das Land bewohnt. Unter uns sahen wir eine andere Erde mit Städten, Bäumen, Bergen, Flüssen, Seen u. s. w., das, wie wir vermuteten, die Welt war, die wir verlassen hatten. – Im Monde – denn das war die schimmernde Insel, an der wir gelandet hatten – sahen wir große Gestalten, die auf Geiern ritten, von denen jeder drei Köpfe hatte. Um Ihnen einen Begriff von der Größe dieser Vögel zu geben, muß ich Ihnen sagen, daß die Entfernung von einem Ende ihres Flügels bis zum anderen sechsmal so lang war als das längste Segeltau an unserem Schiffe. – Anstatt wir nun in dieser Welt auf Pferden reiten, fliegen die Einwohner des Mondes auf diesen Vögeln umher.

Der König hatte gerade einen Krieg mit der Sonne. Er bot mir eine Offizierstelle an; allein ich verbat mir die Ehre, die Seine Majestät mir zudachte.

Alles ist in dieser Welt außerordentlich groß, eine gewöhnliche Fliege z. B. ist nicht viel kleiner als eines unserer Schafe. Die vorzüglichsten Waffen, deren sich die Einwohner des Mondes im Kriege bedienen, sind Rettiche, die wie Wurfspieße gebraucht werden, und den, der damit verwundet wird, augenblicklich töten. Ihre Schilde sind aus Pilzen gemacht, und wenn die Zeit der Rettiche vorbei ist, so vertreten Spargelstangen ihre Stelle.

Ich sah auch hier einige von den Eingeborenen des Hundssterns, die der Handlungsgeist zu dergleichen Streifereien verleitet. Diese haben ein Gesicht wie große Bullenbeißer. Ihre Augen stehen zu beiden Seiten der Spitze oder vielmehr des unteren Endes ihrer Nase. Sie haben keine Augenlider, sondern bedecken ihre Augen, wenn sie schlafen gehen, mit ihrer Zunge. Gewöhnlich sind sie zwanzig Fuß hoch; von den Einwohnern des Mondes aber ist keiner unter sechsunddreißig Fuß. Der Name, den die letzteren führen, ist etwas sonderbar. Sie heißen nicht Menschen, sondern kochende Geschöpfe, weil sie ebenso wie wir ihre Speisen beim Feuer zurechtmachen. Übrigens nimmt ihnen das Essen sehr wenig Zeit weg; denn sie öffnen nur die linke Seite und schieben die ganze Portion auf einmal in den Magen hinein; dann schließen sie wieder zu, bis nach Verfluß eines Monats derselbe Tag wiederkommt. Sie haben mithin das ganze Jahr hindurch nicht mehr als zwölf Mahlzeiten – eine Einrichtung, die jeder, der kein Fresser oder Schlemmer ist, der unseren weit vorziehen muß.

Die Freuden der Liebe sind im Monde gänzlich unbekannt; denn sowohl unter den kochenden Geschöpfen als allen übrigen Tieren gibt es nur ein einziges Geschlecht. Alles wächst auf Bäumen, die aber nach ihren verschiedenen Früchten auch an der Größe und den Blättern sich sehr voneinander unterscheiden. Diejenigen, auf denen die kochenden Geschöpfe oder die Menschen wachsen, sind viel schöner als die anderen, haben große, gerade Äste und fleischfarbene Blätter, und ihre Frucht besteht in Nüssen, die sehr harte Schalen haben und wenigstens sechs Fuß lang sind. Wenn diese reif sind, welches man an der Veränderung ihrer Farbe sehen kann, so werden sie mit großer Sorgfalt gepflückt und so lange, als man es für gut findet, aufgehoben. Will man nun den Samen dieser Nüsse lebendig haben, so wirft man sie in einen großen Kessel kochenden Wassers, und in wenigen Stunden öffnen sich die Schalen, und das Geschöpf springt heraus.

Ihr Geist ist immer schon, ehe sie in die Welt kommen, von der Natur zu einer besonderen Bestimmung gebildet. Aus einer Schale kommt ein Soldat, aus einer anderen ein Philosoph, aus einer dritten ein Gottesgelehrter, aus einer vierten ein Jurist, aus einer fünften ein Pächter, aus einer sechsten ein Bauer u. s. f.; und jeder fängt sogleich an, sich in der Ausübung dessen, was er vorher bloß theoretisch wußte, vollkommen zu machen. – Der Schale mit Gewißheit anzusehen, was in ihr steckt, ist sehr schwer; doch machte ein lunarischer Theolog zu meiner Zeit mächtigen Lärmen, er sei im Besitze dieses Geheimnisses. Man achtete aber wenig auf ihn und hielt ihn durchgängig für krank.

Wenn die Leute im Monde alt werden, so sterben sie nicht, sondern lösen sich in Luft auf und verfliegen wie Rauch.

Trinken haben sie nicht nötig; denn es finden gar keine Ausleerungen bei ihnen statt, ausgenommen durch das Aushauchen. Sie haben nur einen Finger an jeder Hand, mit dem sie alles tun können, so gut oder noch besser als wir, die wir außer dem Daumen viere haben.

Ihren Kopf haben sie unter dem rechten Arm, und wenn sie auf eine Reise oder an eine Arbeit gehen, bei der sie sich heftig bewegen müssen, so lassen sie ihn gemeiniglich zu Hause; denn um Rat fragen können sie ihn, sie mögen von ihm entfernt sein,

Ich ging dreimal um den Krater herum …

so weit sie wollen. Auch pflegen die Vornehmen unter den Mondbewohnern, wenn sie gern wissen möchten, was unter dem gemeinen Volke vorgeht, nicht unter dasselbe sich zu begeben. Sie bleiben zu Hause, d. h. der Körper bleibt zu Hause und schickt nur den Kopf aus, der inkognito gegenwärtig sein kann und dann nach Gefallen seines Herrn mit der eingezogenen Kundschaft zurückkehrt.

Die Traubenkerne im Monde sind vollkommen unserem Hagel ähnlich, und ich bin fest überzeugt, daß, wenn ein Sturm im Monde die Trauben von ihren Stielen abschlägt, die Kerne dann auf unsere Erde herunterfallen und den Hagel bilden. Ich glaube auch, daß diese meine Bemerkung manchem Weinverkäufer schon lange bekannt sein muß; wenigstens habe ich öfter Wein bekommen, der aus Hagelkörnern gemacht zu sein schien und vollkommen so schmeckte wie der Mondwein.

Einen merkwürdigen Umstand hätte ich bald vergessen. – Der Bauch tut den Leuten im Monde ganz die Dienste, die uns ein Ranzen tut; sie stecken in ihn hinein, was sie nötig haben, und schließen ihn ebenso wie ihren Magen nach Belieben auf und zu; denn mit Gedärmen, Leber, Herz und anderen Eingeweiden sind sie nicht beschwert, ebensowenig als mit Kleidern; sie haben aber auch kein Glied an ihrem ganzen Körper, das ihnen die Schamhaftigkeit zu bedecken geböte.

Ihre Augen können sie nach Gefallen herausnehmen und einsetzen und ebensogut damit sehen, wenn sie in ihrem Kopfe, als wenn sie in ihrer Hand sind. Verlieren oder beschädigen sie zufälligerweise eines, so können sie ein anderes borgen oder kaufen und dasselbe so gut gebrauchen als ihr eigenes. Man trifft daher allenthalben im Monde Leute an, die mit Augen handeln; und in dieser einzigen Sache haben alle Einwohner durchaus ihre Grillen; bald sind grüne, bald gelbe Augen Mode.

Ich gestehe, diese Dinge klingen seltsam; aber ich stelle es jedem, der den geringsten Zweifel hat, frei, selbst nach dem Monde zu gehen und sich zu überzeugen, daß ich der Wahrheit so treu geblieben bin als vielleicht nur wenig andere Reisende.

Wenn ich Ihren Augen trauen darf, meine Herren, so möchte ich wohl eher müde werden, Ihnen sonderbare Begebenheiten meines Lebens zu erzählen, als Sie, mich anzuhören. Ihre Gefälligkeit ist mir zu schmeichelhaft, als daß ich, wie ich mir vorgenommen hatte, mit meiner Reise nach dem Monde meine Erzählung schließen sollte. Hören Sie also, wenn es Ihnen beliebt, noch eine Geschichte, die an Glaubwürdigkeit der letzteren gleichkommt, an Merkwürdigkeit und Wunderbarkeit sie vielleicht noch übertrifft.

Brydones Reisen nach Sizilien, die ich mit ungemeinem Vergnügen durchlesen habe, machten mir Lust, den Berg Ätna zu besuchen. Auf meinem Wege dahin stieß mir nichts Merkwürdiges auf. Ich sage mir, denn mancher andere hätte wohl manches äußerst merkwürdig gefunden und zum Ersatz der Reisekosten umständlich dem Publikum erzählt, was mir alltägliche Kleinigkeit war, womit ich keines ehrlichen Mannes Geduld ermüden mag.

Eines Morgens reisete ich früh aus einer am Fuße des Berges gelegenen Hütte ab, fest entschlossen, auch wenn es auf Kosten meines Lebens geschehen sollte, die innere Einrichtung dieser berühmten Feuerpfanne zu untersuchen und auszuforschen. Nach einem mühseligen Wege von drei Stunden befand ich mich auf der Spitze des Berges. Er tobte damals gerade und hatte schon drei Wochen getobt. Wie er unter den Umständen aussieht, das ist schon so oft geschildert worden, daß, wenn Schilderungen es darstellen können, ich auf alle Fälle zu spät komme; und wenn sie, wie ich aus Erfahrung sagen darf, es nicht können, so wird es am besten getan sein, wenn nicht auch ich über den Versuch einer Unmöglichkeit die Zeit verliere und Sie die gute Laune.

Ich ging dreimal um den Krater herum – den Sie sich als einen ungeheuren Trichter vorstellen können – und da ich sah, daß ich dadurch wenig oder nichts klüger wurde, so faßte ich kurz und gut den Entschluß hineinzuspringen. Kaum hatte ich dies getan, so befand ich mich auch in einem verzweifelt warmen Schwitzkasten, und mein armer Leichnam wurde durch die rotglühenden Kohlen, die beständig heraufschlugen, an mehreren Teilen, edlen und unedlen, jämmerlich gequetscht und verbrannt.

So stark übrigens die Gewalt war, mit der die Kohlen heraufgeschmissen wurden, so war doch die Schwere, mit der mein Körper heruntersank, ein beträchtliches größer, und ich kam in kurzer Zeit glücklicherweise auf den Grund. Das erste, was ich gewahr wurde, war abscheuliches Poltern, Lärmen, Schreien und Fluchen, das rings um mich zu sein schien. – Ich schlug die Augen auf, und siehe da! – ich war in der Gesellschaft Vulkans und seiner Cyklopen. Diese Herren – die ich in meinem weisen Sinne längst ins Reich der Lügen verwiesen hatte – hatten sich seit drei Wochen über Ordnung und Subordination gezankt, und davon war der Unfug in die Oberwelt gekommen. Meine

Erscheinung stellte auf einmal unter der ganzen Gesellschaft Friede und Eintracht her. Vulkan hinkte gleich nach seinem Schranke hin und holte Pflaster und Salben, die er mir mit eigener Hand auflegte; und in wenigen Augenblicken waren meine Wunden geheilt. Auch setzte er mir einige Erfrischungen vor, eine Flasche Nektar und andere kostbare Weine, wie nur Götter und Göttinnen zu kosten kriegen. Sobald ich mich etwas erholt hatte, stellte er mich seiner Gemahlin, der Venus, vor, und befahl ihr, mir jede Bequemlichkeit zu verschaffen, die meine Lage forderte. Die Schönheit des Zimmers, in das sie mich führte; die Wollust des Sofas, auf das sie mich setzte; der göttliche Zauberreiz ihres ganzen Wesens; die Zärtlichkeit ihres weichen Herzens – alles das ist weit über allen Ausdruck der Sprache erhaben, und schon der Gedanke daran macht mich schwindeln.

Vulkan gab mir eine sehr genaue Beschreibung von dem Berge Ätna. Er sagte mir, daß derselbe nichts als eine Aufhäufung der Asche wäre, die aus seiner Esse ausgeworfen würde; daß er häufig genötigt wäre, seine Leute zu strafen; daß er ihnen dann im Zorn rotglühende Kohlen auf den Leib würfe, die sie oft mit großer Geschicklichkeit parierten und in die Welt hinaufschmissen, um sie ihm aus den Händen zu bringen. Unsere Uneinigkeiten, fuhr er fort, dauern bisweilen mehrere Monate, und die Erscheinungen, die sie auf der Welt veranlassen, sind das, was ihr Sterbliche, wie ich finde, Ausbrüche nennet. Der Berg Vesuv ist gleichfalls eine meiner Werkstätten, zu der mich ein Weg führt, der wenigstens dreihundertundfünfzig Meilen unter der See hinläuft. – Ähnliche Uneinigkeiten bringen auch dort ähnliche Ausbrüche hervor.

Gefiel mir der Unterricht des Gottes, so gefiel mir noch mehr die Gesellschaft seiner Gemahlin, und ich würde vielleicht nie diese unterirdischen Paläste verlassen haben, wenn nicht einige geschäftige schadenfrohe Schwätzer Vulkan einen Floh ins Ohr gesetzt und ein heftiges Feuer der Eifersucht in seinem gutmütigen Herzen angeblasen hätten. – Ohne mir vorher nur den geringsten Wink zu geben, nahm er mich eines Morgens, als ich eben der Göttin bei ihrer Toilette aufwarten wollte, trug mich in ein Zimmer, das ich niemals noch gesehen hatte, hielt mich über einen tiefen Brunnen, wie es mir vorkam, und: *»Undankbarer Sterblicher«*, sagte er, *»kehre zurück zu der Welt, von der du kamst.«* Mit diesen Worten ließ er mich, ohne mir einen Augenblick Zeit zur Verteidigung zu geben, mitten in den Abgrund hinunterfallen. Ich fiel und fiel mit immer zunehmender Geschwindigkeit, bis die Angst meiner Seele mir endlich alle Besinnung nahm. Plötzlich aber wurde ich aus meiner Ohnmacht aufgeweckt, indem ich auf einmal in eine ungeheure See von Wasser kam, die durch die Strahlen der Sonne erleuchtet wurde. Ich konnte von meiner Jugend auf gut schwimmen und alle möglichen Wasserkünste machen. Daher war ich gleich wie zu Hause, und in Vergleichung mit der fürchterlichen Lage, aus der ich eben befreit war, kam mir meine gegenwärtige wie ein Paradies vor. – Ich sah mich auf allen Seiten um, sah aber leider auf allen Seiten nichts als Wasser; auch unterschied sich das Klima, unter dem ich mich nun befand, sehr unbehaglich von Meister Vulkans Esse. Endlich entdeckte ich in einiger Entfernung etwas, das wie ein erstaunlich großer Felsen aussah und auf mich zuzukommen schien. Bald zeigte sich's, daß es eines der schwimmenden Eisgebirge war. Nach langem Suchen fand ich endlich eine Stelle, an der ich auf dasselbe hinauf

... und ließ ihn dann in den See fallen.

und bis zur obersten Spitze kommen konnte. Allein zu meiner größten Verzweiflung war es mir auch von hier aus noch unmöglich, Land zu entdecken. Endlich, kurz vor Dunkelwerden, sah ich ein Schiff, das gegen mich zufuhr. Sobald ich nahe genug war, rief ich; man antwortete mir holländisch; ich sprang in die See, schwamm zu dem Schiffe hin und wurde an Bord gezogen. Ich erkundigte mich, wo wir wären, und erhielt die Antwort: im Südmeer. Diese Entdeckung löste auf einmal das ganze Rätsel. Es war nun ausgemacht, daß ich von dem Berge Ätna durch den Mittelpunkt der Erde in die Südsee gefallen war; ein Weg, der auf alle Fälle kürzer ist als der um die Welt. Noch hatte ihn niemand versucht als ich, und mache ich ihn wieder, so werde ich gewiß sorgfältigere Beobachtungen anstellen.

Ich ließ mir einige Erfrischungen geben und ging zu Bette. Ein grobes Volk aber ist es um die Holländer. Ich erzählte meine Abenteuer den Offizieren, ebenso aufrichtig und simpel als Ihnen, meine Herren, und einige davon, vorzüglich der Kapitän, machten Miene, als zweifelten sie an meiner Wahrhaftigkeit. Indes sie hatten mich freundschaftlich in ihr Schiff genommen, ich mußte durchaus von ihrer Gnade leben und folglich, wollte ich wohl oder übel, den Schimpf in die Tasche stecken. Ich erkundigte mich nun, wohin ihre Reise ginge. Sie antworteten mir, sie wären auf neue Entdeckungen ausgefahren, und wenn meine Erzählung wahr wäre, so sei ihre Absicht auf alle Fälle erreicht. Wir waren nun gerade auf dem Wege, den Kapitän Cook gemacht hatte, und kamen den anderen Morgen nach der Botany-Bai – ein Ort, nach dem die englische Regierung wahrhaftig nicht Spitzbuben schicken sollte, um sie zu strafen, sondern verdiente Männer, um sie zu belohnen, so reichlich hat hier die Natur ihre besten Geschenke ausgeschüttet.

Wir blieben hier nur drei Tage; den vierten nach unserer Abreise entstand ein fürchterlicher Sturm, der in wenig Stunden alle unsere Segel zerriß, unser Bugspriet zersplitterte und die große Bramstange umlegte, die gerade auf das Behältnis fiel, in dem unser Kompaß verschlossen war, und das Kästchen und den Kompaß in Stücken schlug. Jedermann, der zur See gewesen ist, weiß, von welchen traurigen Folgen ein solcher Verlust ist. Wir wußten nun weder aus noch ein. Endlich legte sich der Sturm, und es folgte ein anhaltender munterer Wind. Drei Monate waren wir gefahren, und notwendig mußten wir eine ungeheure Strecke Weges zurückgelegt haben, als wir auf einmal an allem, was um uns war, eine erstaunliche Veränderung bemerkten. Wir wurden so leicht und froh; unsere Nasen wurden mit den angenehmsten Balsamdüften erfüllt; auch die See hatte ihre Farbe verändert und war nicht mehr grün, sondern weiß.

Bald nach dieser wundervollen Veränderung sahen wir Land und nicht weit von uns einen Hafen, auf den wir zusegelten und den wir sehr geräumig und tief fanden. Statt des Wassers war er mit vortrefflich schmeckender Milch angefüllt. Wir landeten, und – die ganze Insel bestand aus einem großen Käse. Wir hätten dies vielleicht gar nicht entdeckt, wenn uns nicht ein sonderbarer Umstand auf die Spur geholfen hätte. Es war nämlich auf unserem Schiffe ein Matrose, der eine natürliche Antipathie gegen den Käse hatte. Sobald dieser ans Land trat, fiel er in Ohnmacht. Als er wieder zu sich selbst kam, bat er, man möchte doch den Käse unter seinen Füßen wegnehmen, und als man zusah, fand sich's, daß er vollkommen recht hatte, die ganze Insel war, wie gesagt, nichts als ein ungeheurer Käse. Von dem lebten auch die Einwohner größtenteils, und so viel bei Tage verzehrt wurde, wuchs immer des Nachts wieder zu. Wir sahen eine Menge Weinstöcke mit schönen großen Trauben, die, wenn sie gepreßt wurden, nichts als Milch gaben. Die Einwohner waren aufrecht gehende, hübsche Geschöpfe, meistens neun Fuß hoch, hatten drei Beine und einen Arm, und, wenn sie erwachsen waren, auf der Stirn ein Horn, das sie mit vieler Geschicklichkeit brauchten. Sie hielten auf der Oberfläche der Milch Wettläufe und spazierten, ohne zu sinken, mit so vielem Anstande darauf herum, als wir auf einer Wiese. Auch wuchs auf dieser Insel, oder diesem Käse, eine Menge Korn, mit Ähren, die wie Erdschwämme aussahen, in denen Brote lagen, die vollkommen gar waren und sogleich gegessen werden konnten. Auf unseren Streifereien über diesen Käse entdeckten wir sieben Flüsse von Milch und zwei von Wein.

Nach einer sechzehntägigen Reise kamen wir an das Ufer, das dem, an welchem wir gelandet hatten, gegenüberlag. Hier fanden wir eine ganze Strecke des angegangenen blauen Käse, aus dem die wahren Käseesser so viel Wesens zu machen pflegen. Anstatt daß aber Milben darin gewesen wären, wuchsen die vortrefflichsten Obstbäume darauf, als Pfirsiche, Aprikosen und tausend andere Arten, die wir gar nicht kannten. Auf diesen Bäumen, die erstaunlich groß sind, waren eine Menge Vogelnester. Unter anderen fiel uns ein Eisvogelnest in die Augen, das im Umkreise fünfmal so groß war als das Dach der St. Paulskirche in London. Es war künstlich aus ungeheuren Bäumen zusammengeflochten, und es lagen wenigstens – warten Sie – denn ich mag gern alles genau bestimmen – wenigstens fünfhundert Eier darin, und jedes war ungefähr so groß als ein Oxhoft. Die Jungen darin konnten wir nicht nur sehen, sondern auch pfeifen hören. Als wir mit vieler Mühe ein solches Ei aufgemacht hatten, kam ein junges unbefiedertes Vögelchen heraus, das ein gut Teil größer war als zwanzig ausgewachsene Geier. Wir hatten kaum das junge Tier in Freiheit gesetzt, so ließ sich der alte Eisvogel herunter, packte in eine seiner Klauen unseren Kapitän, flog eine Meile weit mit ihm in die Höhe, schlug ihn heftig mit den Flügeln und ließ ihn dann in die See fallen.

Die Holländer schwimmen alle wie die Ratten; er war bald wieder bei uns, und wir kehrten nach unserem Schiffe zurück. Wir nahmen aber nicht den alten Weg und fanden daher auch noch viele ganz neue und sonderbare Dinge. Unter anderem schossen wir zwei wilde Ochsen, die nur ein Horn haben, das ihnen zwischen den beiden Augen herauswächst. Es tat uns nachher leid, daß wir sie erlegt hatten, da wir erfuhren, daß die Einwohner sie zahm machten und, wie wir die Pferde, zum Reiten und Fahren gebrauchen. Ihr Fleisch soll, wie man uns sagte, vortrefflich schmecken, ist aber einem Volke, das bloß von Milch und Käse lebt, gänzlich überflüssig.

Als wir noch zwei Tagereisen von unserem Schiffe entfernt waren, sahen wir drei Leute, die an hohe Bäume bei den Beinen aufgehängt waren. Ich erkundigte mich, was sie begangen hätten, um eine so harte Strafe zu verdienen, und hörte, sie wären in der Fremde gewesen und hätten bei ihrer Zurückkunft nach Hause ihre Freunde belogen und ihnen Plätze beschrieben, die sie nie gesehen, und Dinge erzählt, die sich nie zugetragen hätten. Ich fand die Strafe sehr gerecht, denn nichts ist mehr eines Reisenden Schuldigkeit, als strenge der Wahrheit anzuhängen.

Sobald wir bei unserem Schiffe angelangt waren, lichteten wir die Anker und segelten von diesem außerordentlichen Lande ab. Alle Bäume am Ufer, unter denen einige sehr große und hohe waren, neigten sich zweimal vor uns, genau in einem Tempo, und nahmen dann wieder ihre vorige gerade Stellung an.

Als wir drei Tage umhergesegelt waren, der Himmel weiß wo – denn wir hatten noch immer keinen Kompaß – kamen wir in eine See, welche ganz schwarz aussah. Wir kosteten das vermeinte schwarze Wasser, und siehe! es war der vortrefflichste Wein. Nun hatten wir genug zu hüten, daß nicht alle Matrosen sich darin berauschten. – Allein die Freude dauerte nicht lange. Wenige Stunden nachher fanden wir uns von Walfischen und anderen unermeßlich großen Tieren umgeben, unter denen eines war, dessen Größe wir selbst mit allen Fernröhren, die wir zu Hilfe nahmen, nicht übersehen konnten. Leider wurden wir das Ungeheuer nicht eher gewahr, als bis wir ihm ziemlich nahe waren; und auf einmal zog es unser Schiff mit stehenden Masten und vollen Segeln in seinen Rachen zwischen die Zähne, gegen die der Mast des größten Kriegsschiffes ein kleines Stöckchen ist. Nachdem wir einige Zeit in seinem Rachen gelegen hatten, öffnete es denselben ziemlich weit, schluckte eine unermeßliche Menge Wasser ein und schwemmte unser Schiff, das, wie Sie sich leicht denken können, kein kleiner Bissen war, in den Magen hinunter. Und hier lagen wir nun so ruhig, als wenn wir bei einer toten Windstille vor Anker lägen. Die Luft war, das ist nicht zu leugnen, etwas warm und unbehaglich. – Wir fanden Anker, Taue, Boote, Barken und eine beträchtliche Anzahl Schiffe, teils beladene, teils unbeladene, die dieses Geschöpf verschlungen hatte. Alles, was wir taten, mußte bei Fackeln geschehen. Für uns war keine Sonne, kein Mond und keine Planeten mehr. Gewöhnlich befanden wir uns zweimal des Tages auf hohem Wasser und zweimal auf dem Grunde. Wenn das Tier trank, so hatten wir Flut, und wenn es sein Wasser ließ, so waren wir auf dem Grunde. Nach einer mäßigen Berechnung nahm es gemeiniglich mehr Wasser zu sich, als der Genfer See hält, der doch einen Umfang von dreißig Meilen hat.

Am zweiten Tage unserer Gefangenschaft in diesem Reiche der Nacht wagte ich es bei der Ebbe, wie wir die Zeit nannten, wenn das Schiff auf dem Grunde saß, nebst dem Kapitän und einigen Offizieren, eine kleine Streiferei zu tun. Wir hatten uns natürlich alle mit Fackeln versehen und trafen nun gegen zehntausend Menschen aus allen Nationen an. Sie wollten gerade eine Beratschlagung halten, wie sie wohl ihre Freiheit wieder erlangen könnten. Einige von ihnen hatten schon mehrere Jahre in dem Magen des Tieres zugebracht. Eben als der Präsident uns über die Sache unterrichten wollte, wegen der wir versammelt waren, wurde unser verfluchter Fisch durstig und fing an zu trinken; das Wasser strömte mit solcher Heftigkeit herein, daß wir alle uns augenblicklich nach unseren Schiffen retirieren, oder riskieren mußten, zu ertrinken. Verschiedene von uns retteten sich nur mit genauer Not durch Schwimmen.

Einige Stunden nachher waren wir glücklicher. Sobald sich das Ungeheuer ausgeleert hatte, versammelten wir uns wieder. Ich wurde zum Präsidenten gewählt und tat den Vorschlag, zwei der größten Mastbäume zusammenzufügen, diese, wenn das Ungeheuer den Rachen öffnete, zwischen zu sperren und so das Zuschließen ihm zu verwehren. Dieser Vorschlag wurde allgemein angenommen und hundert starke Männer zu der Ausführung desselben ausgesucht. Kaum hatten wir unsere zwei Mastbäume zurechtgemacht, so bot sich auch eine Gelegenheit an, sie zu gebrauchen. Das Ungeheuer gähnte, und sogleich keilten wir unsere zusammengesetzten Mastbäume dazwischen, so daß das eine Ende durch die Zunge durch, gegen den unteren Gaumen, das andere gegen den oberen stand; wodurch denn wirklich das Zumachen des Rachens ganz unmöglich gemacht war, selbst wenn unsere Masten noch viel schwächer gewesen wären.

Sobald nun alles in dem Magen flott war, bemannten wir einige Boote, die sich und uns in die Welt ruderten. Das Licht des Tages bekam uns nach einer, soviel wir beiläufig rechnen konnten, vierzehntägigen Gefangenschaft, unaussprechlich wohl. – Als wir uns sämtlich aus diesem geräumigen Fischmagen beurlaubt hatten, machten wir gerade eine Flotte von fünfunddreißig Schiffen aus, von allen Nationen. Unsere Mastbäume ließen wir in dem Rachen des Ungeheuers stecken, um andere vor dem schrecklichen Unglücke zu sichern, in diesen fürchterlichen Abgrund von Nacht und Kot eingesperrt zu werden.

Unser erster Wunsch war nun, zu erfahren, in welchem Teile der Welt wir uns befänden, und anfänglich konnten wir darüber gar nicht zur Gewißheit kommen. Endlich fand ich nach vormaligen Beobachtungen, daß wir in der Kaspischen See wären. Da diese See ganz mit Land umgeben ist und keine Verbindung mit anderen Gewässern hat, so war es uns ganz unbegreiflich, wie wir dahin gekommen wären. Doch einer von den Einwohnern der Käseinsel, den ich mit mir gebracht hatte, gab uns einen sehr vernünftigen Aufschluß darüber. Nach seiner Meinung hatte uns nämlich das Ungeheuer, in dessen Magen wir so lange eingesperrt waren, durch irgend einen unterirdischen Weg hierher gebracht. – Genug, wir waren nun einmal da und freuten uns, daß wir da waren, und machten, daß wir sobald als möglich ans Ufer kamen. Ich war der erste, der landete.

Kaum hatte ich meinen Fuß auf das Trockene gesetzt, so kam ein dicker Bär gegen mich angesprungen. »Ha!« dacht' ich, »du kommst mir eben recht.« Ich packte mit jeder Hand eine seiner Vorderpfoten und drückte ihn erst zum Willkommen so herzlich, daß er greulich zu heulen anfing: ich aber, ohne mich dadurch rühren zu lassen, hielt ihn so lange in dieser Stellung, bis ich ihn zu Tode gehungert hatte. Dadurch setzte ich mich bei allen Bären in Respekt, und keiner wagte sich, mir wieder in die Quere zu kommen.

Ich reisete von hier aus nach Petersburg und bekam dort von einem alten Freunde ein Geschenk, was mir außerordentlich teuer war, nämlich einen Jagdhund, der von der berühmten Hündin abstammte, die, wie ich Ihnen schon einmal erzählte, während sie einen Hasen jagte, Junge warf. Leider wurde er mir bald nachher von einem ungeschickten Jäger erschossen, der statt einer Kette Hühner den Hund traf, der sie stand. Ich ließ mir zum Andenken aus dem Felle des Tieres diese Weste hier machen, die mich immer, wenn ich zur Jagdzeit ins Feld gehe, unwillkürlich dahin bringt, wo Wild zu finden ist. Bin ich nun nahe genug, um schießen zu können, so fliegt ein Knopf von meiner Weste weg und fällt auf die Stelle nieder, wo das Tier ist, und da ich immer meinen Hahnen gespannt und Pulver auf meiner Pfanne habe, so entgeht mir nichts. – Ich habe nun, wie Sie sehen, nur noch drei Knöpfe übrig; sobald aber die Jagd wieder aufgeht, soll meine Weste auch wieder mit zwei neuen Reihen besetzt werden.

Besuchen Sie mich alsdann, und an Unterhaltung soll es Ihnen gewiß nicht fehlen. Übrigens für heute empfehle ich mich und wünsche Ihnen angenehme Ruhe.

... und auf einmal zog es unser Schiff mit stehenden Masten ...

Anmerkungen

S. 13 Die Vorrede des englischen Herausgebers entstammt der fünften englischen Ausgabe

S. 14 Die Vorrede zur deutschen Übersetzung ist der zweiten deutschen Ausgabe 1788 entnommen.

Tractatus: Abhandlung.

Commentarius: wissenschaftliche Erläuterung.

Synopsis: Zusammenschau, Überblick.

Compendium: Leitfaden.

in pontificalibus: in der bischöflichen Amtstracht.

Rollenhagens Vorrede: Bürger wollte das didaktische Tierepos Georg Rollenhagens (1542–1609) »Froschmeuseler. Der Frösch und Meuse wunderbare Hoffhaltunge ...« (Magdeburg 1595) neu herausgeben, bearbeitete aber nur etwa 100 Verse.

S. 16 *Glaubt's nur, ...:* Das Zitat stammt fast wörtlich aus Wielands »Titanomachie oder das neue Heldenbuch. Ein bürleskes Gedicht«, Teutscher Merkur 1775.

S. 19 *Affaire d'honneur:* Ehrenhandel.

S. 20 *Ingermanland:* Landschaft zwischen Ladogasee und finnischem Meerbusen; kam 1721 an Rußland.

Bonton: vornehme, höfische (Gesellschaft).

S. 23 *Nimbus:* Strahlenkranz, Heiligenschein.

S. 25 *Rothälse:* Schwarze Meergans mit rotbraunem Hals (Rothalsgans).

S. 26 *Hagel:* gröberer Schrot.

Lunte: Schwanz des Raubwildes.

karbatschte: peitschte, prügelte (Kyrbatsch: türkische Lederpeitsche).

Frischling: noch nicht einjähriges Wildschwein.

Bache: weibliches Wildschwein, das schon Junge geworfen hat.

S. 29 *St. Hubert:* Schutzherr der Jäger (717–727 Bischof von Lüttich), soll nach der Legende an einem Feiertag gejagt haben und durch das Erscheinen eines Hirsches mit einem goldenen Kreuz zwischen den Geweihstangen bekehrt worden sein.

S. 30 *Aut oder Naut:* »Ought or nought. – Eine wenigstens in Niederdeutschland in dieser Aussprache sehr populär gewordene Redensart« (Anm. Bürgers). Engl.: alles oder nichts.

Kasus: Fall

a posteriori: durch Erfahrungstatsachen begründete Erkenntnis (wörtlich: aus dem Späteren).

a priori: erfahrungsunabhängige Erkenntnis (wörtlich: aus dem Früheren, von vornherein).

S. 33 *Roller:* erbsengroße Flintenkugeln, von denen mehrere auf einmal geladen wurden.

S. 35 *Partikularitäten:* Einzelheiten.

in voller Carriere: in vollem Lauf.

Klafter: altes deutsches Längenmaß; Spannweite der seitwärts gestreckten Arme (ca. 1,7 bis 2,5 m).

S. 39 *Graf Münnich:* Feldmarschall Burkhard Christof Graf von Münnich (1683–1767), Heerführer im russisch-türkischen Krieg (1736/37), war 1740 Premierminister und wurde nach einem Staatsstreich Elisabeths, der jüngeren Tochter Peters des Großen, 1741–62 nach Sibirien verbannt und von Peter III. wieder zurückgeholt.

Bucephal: Bukephalas; das Lieblingspferd Alexanders des Großen (wörtlich: Stierkopf).

S. 41 *Pruth:* Nebenfluß der Donau. Peter I. wurde dort im türkisch-russischen Krieg 1711 mit seiner Armee umzingelt und zum Friedensschluß gezwungen.

Subalterne: niedere Dienstgrade.

Lustlager: Truppenschau bei Manövern.

Kannegießer: Nach der Komödie »Der politische Kannegießer« (1722) des Dänen Ludwig Holberg benannte Schwätzer.

Oczakow: Festung Otschakow in der Nähe der Dnepr-Mündung, die 1737 von Münnich und 1788 von Potemkin erobert wurde.

Flankeurs: zur Seitendeckung eingesetzte Soldaten.

S. 42 *pêle-mêle:* bunt durcheinander.

maître des plaisirs: zuständig für die Vergnügungen der höfischen Gesellschaft.

Kurschmied: (cura = Sorge) Roßarzt bei berittenen Truppen.

S. 45 *Voltigierstückchen:* Kunstreitervorführungen, Geschicklichkeitsübungen.

S. 48 *... um die Zeit der großen Revolution:* gemeint ist der gewaltsame Regierungswechsel vom 25. XI. 1741 in Rußland, bei dem Elisabeth, die Tochter Peters I., von Offizieren und Soldaten der Garderegimenter auf den Thron gehoben wurde und die korrupte Regierung von Anna Iwanowa gestürzt wurde.

S. 51 *Modulation:* der Übergang von einer Tonart in die andere.

S. 53 *Staaten von Holland:* 1581 wurde die Republik der Vereinigten Niederlande gegründet. Oberstes Staatsorgan war die Versammlung der – hier gemeinten – »Generalstaaten«.

S. 54 *Blanchards Hammel:* Jean-Pierre Blanchard (1750–1809) überquerte als erster mit einem Ballon den Ärmelkanal (1785) und soll vorher einmal einen Ballon mit einem Hammel in der Gondel aufsteigen lassen haben.

Kazike: (span. Cacique) Häuptling.

nach dem Norden: Eine Anspielung auf den Landgrafen von Hessen-Kassel, der Landeskinder als Soldaten an England verkauft hatte.

S. 57 *Hirschfänger:* eine im 17. Jahrhundert aufgekommene dolchartige Seitenwaffe, mit der der Jäger dem Wild den Todesstoß versetzte.

vierzig Pariser Fuß: Ein Pariser Fuß entspricht etwa 32 cm, ein Zoll etwa 3 cm, also war das Krokodil ziemlich genau 13 m lang.

S. 59 Das Zeichen bedeutet »Georg Rex« (mit Krone) und ist als ironische Anspielung auf die Gewohnheit des Adels zu verstehen, überall Wappen und Monogramme anzubringen, sei es auf Möbeln, Büchern usw.

Bogspriet: (= Bugspriet) nach vorn über den Bug eines Segelschiffes ragender Mast, über dem die Vorsegel befestigt werden.

sich sömmernd: sich sonnend.

Oberlof: Oberdeck.

S. 63 *Kauffahrteischiff:* Handelsschiff.

par compagnie: zusammen, in Gesellschaft.

S. 65 *Mare di Marmora:* Marmara-Meer, das durch den Bosporus mit dem Schwarzen Meer und durch die Dardanellen mit dem Ägäischen Meer verbunden ist.

Seraglio: Serail, Frauenhaus.

Berlocke: zierlicher Anhänger aus Metall, Halbedelstein u. a., der meist an der Uhrkette getragen wurde.

S. 66 *inflammable Luft:* Wasserstoff.

S. 69 *Moderata durant:* das Maßvolle dauert.

Präzeptor: Lehrmeister.

Asahel: Bibelgestalt, Neffe Davids. »Asahel aber war schnell und leichtfüßig wie ein Reh.« (2. Sam. 2, 18).

Kuchenreutersche Gewehr: Kuchenreuter hieß eine im 18. Jahrhundert berühmte Büchsenmacherfamilie aus Regensburg, die technisch hochmoderne Waffen herstellte.

S. 70 *Ambassadeurgehalt:* Botschaftergehalt.

Sir John Falstaff: komische (beleibte) Gestalt aus Shakespeare's »Heinrich IV« und »Die lustigen Weiber von Windsor«.

S. 71 *Terrafirma:* (= terra firma) feste Erde, fester Boden.

Bey: Titel eines türkischen Beamten oder Offiziers.

Mufti: mohammedanischer Geistlicher und Rechtsgelehrter.

in partem salarii: als Teil des Gehaltes.

Aller Augen (warten auf dich, ...): Tischgebet nach Psalm 145.15.

Gratias: Dankgebet nach Tisch.

Kaiser Karl VI.: römisch-deutscher Kaiser (1711–40); ihm folgte seine Tochter Maria-Theresia (1740–80).

S. 79 *Assignation:* Zahlungsanweisung.

insinuieren: einflüstern, unterstellen.

Bibliothekar Jagemann: Christian Joseph Jagemann (1735–1804), Bibliothekar in Weimar, ließ gegen das 1785 erschienene zweibändige Werk »England und Italien« des Offiziers und Geschichtsschreibers Johann Wilhelm von Archenholz (1743–1812) in der Zeitschrift »Deutsches Museum« im Mai- und Juli-Heft 1786 eine Replik mit dem Titel »Ehrenrettung Italiens wider die Bemerkungen des Herrn Hauptmann von Archenholz« erscheinen.

Loretto: (= Loreto) italienischer Wallfahrtsort in der Nähe von Ancona.

S. 81 *Partisan:* Parteigänger, Spießgeselle.

Baron Tott: François de Tott (1733–93), war französischer Konsul auf der Krim und stand während des russisch-türkischen Krieges (1768–74) in türkischen Diensten. 1784 veröffentlichte er in vier Bänden seine »Mémoires sur les Turcs et les Tartares«.

Simois: kleinasiatischer Fluß in der Nähe des antiken Troja.

Bassa: Titel für einen höheren Beamten oder Offizier (Pascha).

S. 82 *Scharwache:* Polizeiwache.

S. 85 *Revenuen:* Einkünfte.

Clemens XIV.: Lorenzo Ganganelli (1705–74) war Papst von 1769–74, förderte Künste und Wissenschaften, hob 1773 den Jesuitenorden auf.

Austern: Bürger war Feinschmecker und genoß – wenn er konnte – gerne Austern, Schildkrötensuppe und andere Leckereien.

S. 86 *Conticuere omnes, intentique ora tenebant:* Alle schwiegen und lauschten mit unverwendeten Blicken. Vergil. (Anm. Bürgers).

Gibraltar: Nachdem sich Frankreich (1778) und Spanien (1779) den um ihre Unabhängigkeit kämpfenden nordamerikanischen Staaten angeschlossen hatten, belagerten ihre Truppen (1779–83) die englische Bastion Gibraltar, die von englischen und deutschen (hannoverschen) Truppen gehalten wurde.

Lord Rodney: Georges Brydges Rodney (1718–92), englischer Admiral, siegte 1780 bei Kap St. Vincent über die spanische und 1782 bei Domenica in Westindien über die französische Flotte.

General Elliot: George Augustus Eliott, 1. Baron Heathfield (1717–90), englischer General, leitete erfolgreich die Verteidigung Gibraltars.

Dollond: John Dollond (1706–61), englischer Optiker und Erfinder des achromatischen Fernrohrs (Objektive ohne störende Farbränder).

Barbarei: Die von Berbern bewohnte nordafrikanische Küste.

S. 89 *Lafette:* Schießgestell.

Graf von Artois: der jüngere Bruder Ludwigs XVI., nahm teil an der Belagerung von Gibraltar und wurde als Karl X. König von Frankreich (1824–30).

S. 90 *Drinkwater:* John Drinkwater (1762–1844), veröffentlichte »A History of the siege of Gibraltar with a description and account of that garrison from the earliest period« (London 1785).

David: David, der den Philister Goliath mit der Schleuder getötet hatte (1. Buch Samuel, Kap. 17), verführte Bathseba, die Frau des Urias, veranlaßte, daß dieser in einem Kampf fiel und nahm sie schließlich zur Frau (2. Buch Samuel, Kap 11).

S. 91 *mit untergelegten Pferden:* Die Pferde wurden an den Poststationen ausgetauscht.

Plagiarius: Dieb geistigen Eigentums.

Sir Thomas Lucy: Shakespeare soll in seiner Jugend im Park von Sir Thomas Lucy in der Nähe seines Geburtsortes Stratford Wild, besonders Kaninchen, gestohlen haben, worauf er von dem Besitzer ausgepeitscht oder eingesperrt worden sein soll. Shakespeare soll sich mit Spottgedichten gerächt haben.

Königin Elisabeth: Elisabeth I. (1533–1603), Tochter Heinrichs VIII. und der Anna Boleyn. Ihre Gegenspielerin war Maria Stuart, die 1587 hingerichtet wurde.

S. 92 *beef-eaters:* Rindfleischesser. Ein Name, der – nicht selten von solchen, die gern Rindfleisch essen und aus ökonomischen Gründen nicht dürfen – der königlichen Garde gegeben wird (Anm. Bürgers).

Helvoetsluys: (= Hellevoetsluis) Südholländische Hafenstadt.

Büffon: George Louis Leclerc Comte de Buffon (1707–88) schrieb eine »Allgemeine und spezielle Naturgeschichte (»Histoire naturelle, générale et particulière«) in 44 Bänden (1749–1804).

S. 95 *Philanthropinen:* (Philanthropia = Menschenliebe) Erziehungsanstalten, die nach dem Muster Johann B. Basedows (1723–90), im Sinne des Philanthropinismus, einer der Aufklärung (besonders Rousseau) verpflichteten pädagogischen Reformbewegung, eingerichtet wurden.

Pegasus: das geflügelte Roß, soll nach der griechischen Mythologie die den Musen geweihte Quelle »Hippokrene« durch Hufschlag hervorgebracht haben und gilt seither als Musen- oder Dichterroß.

Rosinante: Don Quijotes Hengst; Schindmähre.

S. 96 *Gerechtsame:* Rechtsanspruch.

Wapping, Bermondsey, Deptford: Stadtteile Londons.

Tower Wharf: Befestigtes Themseufer beim Tower.

vierte Junius: Der Geburtstag des regierenden Königs (Anm. Bürgers). Georg III (1760–1820).

S. 101 *Kapitän Phipps:* Constantin John Phipps, Lord Mulgrave (1744–92), englischer Seefahrer, der 1773 auf der Suche nach einem Seeweg nach Indien bis auf 80° 48′ nördlicher Breite gelangte und schließlich wegen Packeises umkehren mußte. Er veröffentlichte 1774 (deutsch 1777) »A Voyage towards the North Pole«.

S. 102 *Feldscher:* Militärarzt.

Simson: Alttestamentarische Gestalt, der Riesenkräfte, vergleichbar mit Herakles, zugeschrieben wurden. Simson kämpfte gegen die Philister, verliebte sich in die Philisterin Delila, die ihn durch Scheren des Haupthaares seiner Kräfte beraubte, so daß er schließlich überwältigt werden konnte.

Lordmayor: Oberbürgermeister.

die City: gemeint ist hier die oberste städtische Behörde Londons.

S. 105 *Dolgoroucki:* Fürst Wassilij Michajlowitsch Dolgorukij-Krymskij (1722–82) eroberte unter Katharina II. (1762–96) die Krim (1771).

Pair: Vertreter des Hochadels.

S. 109 *markierte mein Hund:* deutete die Witterung von Wild an.

Guineen: englische Goldmünzen im 17. und 18. Jahrhundert (21 Shilling).

akkordiert: vereinbart.

S. 111 *Gulliver:* In Jonathan Swifts (1667–1745) satirischem Roman »Gullivers Reisen« (1726) kommt Gulliver auch durch das von Riesen bewohnte Land Brobdignag.

Eldorado: El dorado (span.) = der Vergoldete. Mythenumwobene Vorstellung von einem Goldland im Inneren des nördlichen Südamerika.

Menuett: zeitgenössischer höfischer Tanz im ¾-Takt.

Otaheiti: (= Tahiti) Insel im Stillen Ozean; durch die Weltreise James Cooks (1728–79) bekannt geworden.

S. 112 *Hundsstern:* Sirius (Stern im Sternbild Großer Hund).

lunarischer Theolog: ein zum Mond gehörender oder auf dem Mond lebender Theologe. Höchstwahrscheinlich ist damit der Schweizer Theologe Johann Kaspar Lavater (1741–1801) gemeint, der in seinem vierbändigen Hauptwerk »Physiognomische Fragmente zur Beförderung der Menschenkenntnis und Menschenliebe« (1775–78) eine Theorie über die weitreichenden Beziehungen zwischen Seele und Physiognomie aufstellte.

S. 117 *Brydones Reisen:* Der englische Physiker Patrick Brydone (ca. 1740–1818) schrieb ein vielgelesenes zweibändiges Reisebuch »Tour through Sicily and Malta« (1773).

mein armer Leichnam: mein armer Körper, Leib.

Vulkan: (= Vulcanus) römischer Gott des Feuers (griech.: Hephaistos).

Cyklopen: (= Kyklopen) einäugige Riesen in der griechischen Mythologie.

Venus: römische Liebesgöttin.

Subordination: Unterordnung.

S. 121 *Kapitän Cook:* James Cook (1728–79). Berühmter Weltumsegler, der zahlreiche Inseln im Pazifik und die Ostküste Australiens, an der auch die Botani-Bay (= Bucht) liegt, entdeckte und erforschte.

Bramstange: Eine den Mast verlängernde Stange, an der auch Segel gesetzt werden (Bramsegel).

S. 122 *Oxhoft:* altes Flüssigkeitsmaß für Wein und Spirituosen (206 Liter).

S. 124 *Kaspische See:* (Kaspisches Meer) größter See der Erde, im Grenzgebiet der UdSSR zum Iran.

CIP-Kurztitelaufnahme der Deutschen Bibliothek

Bürger, Gottfried August:
Münchhausen : Wunderbare Reisen zu Wasser u. zu Lande, Feldzüge u. lustige Abenteuer d. Frhr. von Münchhausen, wie er dieselben bei d. Flasche im Zirkel seiner Freunde selbst zu erzählen pflegt / Gottfried August Bürger. Bilder von Friedrich Hechelmann. [Hrsg. von Wolfgang Balk]. – München : Hirmer, 1983.
ISBN 3-7774-3600-3
ISBN 3-7774-3620-8 Gewebe in Schuber (Vorzugsausg.)

Lithos: Schwitter AG, Basel
Papier: Papierfabrik Scheufelen, Lenningen
Satz: Passavia, Passau
Druck: Text: Passavia, Passau und
Tafeln: Kastner & Callwey, München
Bindearbeiten: Conzella Verlagsbuchbinderei, München
Gestaltung: Wolfgang Balk
Printed in Germany
ISBN 3-7774-3600-3
ISBN 3-7774-3620-8 (Vorzugsausgabe)